新訳

チップス先生、さようなら

ジェイムズ・ヒルトン 著
大島 一彦 訳

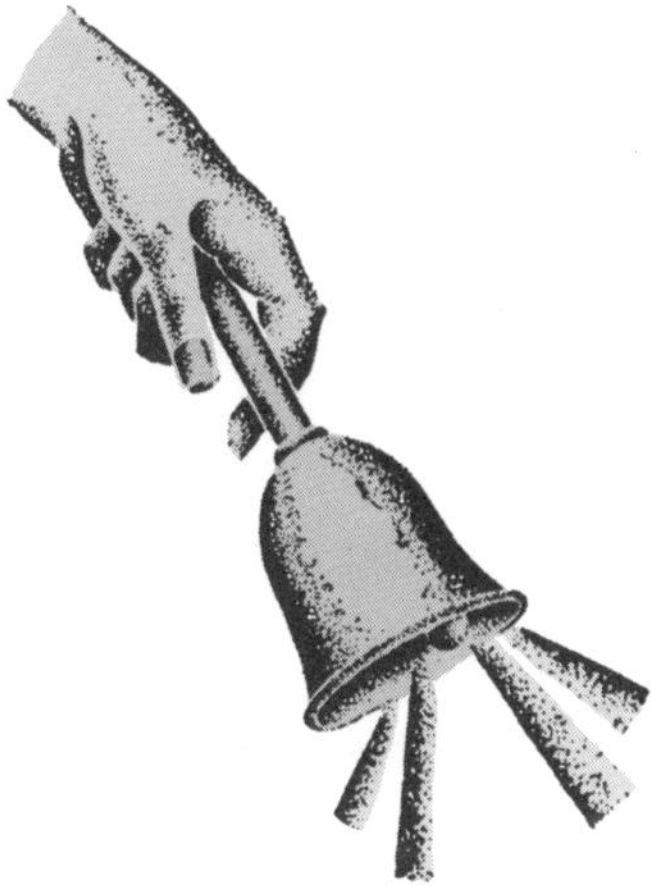

慧文社

新訳 チップス先生、さようなら

ジェイムズ・ヒルトン作

大島一彦訳

目次

Illustrations: Ethel "BIP" Pares

Good-Bye, Mr. Chips. Published by Hodder and Stoughton. 1934.

一

一

人間段段年を取って来ると（と云《い》って、勿論《もちろん》、病気にならずにだが）、ときどきひどく眠くなり、時の歩みが、まるで怠惰《たいだ》な牛の群がのろのろと野原を渡って行くように思われるものだ。秋の学期が進むにつれて次第に日脚《ひあし》が短くなり、やがて点呼《てんこ》の前に瓦斯燈《ガスとう》に火を灯《とも》さねばならぬほど日暮が早くなる頃になると、チップスの場合も似たようなものであった。ここで点呼と云ったのは、チップスが、どこかの老船長と同じように、今でも過去の生活のさまざまな合図によって時間を測っているからである。チップスは学校からほんの道路一本隔《へだ》てただけのウィケット夫人の家に住んでいたから、それも無理はなかった。先生を辞《や》めてからもう十年以上ずっとそこに住み、チップスもこの家の女主人も、多くの場合グリニッジの標準時間よりもブルックフィールドの学校時間に合せて暮していた。

「ねえ、ウィケットさん」と、チップスはまだまだ多分に溌剌《はつらつ》としたところのある、あのひきつるような甲高《かんだか》い声で呼掛けるのであった、「自習時間の前にお茶を一杯下さらんか？」

人間年を取って来ると、煖炉《だんろ》のそばに坐ってお茶を飲みながら、夕食や点呼や自習や消燈を告げ知らせる学校の鐘《かね》に耳を傾けるのは悪くないものである。チップスはその日最後の鐘を聞くと、決って置時計の螺子《ねじ》を巻き、火除《ひよけ》用の金網の衝立《ついたて》を煖炉の前に置き、瓦斯燈を消し、探偵小説を持って寝床に入った。しかしものの一頁《ペイジ》も読まないうちに、すぐに静かな眠りがやって来た。それは、現《うつつ》の世界から眠りの別世界に入ると云うよりは、普段の知覚作用の神秘的な強化とでも云うべきものであった。それと云うのも、チップスは昼夜を問わず多分に夢現《ゆめうつつ》の日日を送っていたからである。

チップスは大分年を取っていた（と云って、勿論、病気なのではない）。実際、メリヴェイル医師の云うように、別にどこも悪いところはなかった。「ほんと、先生の方が私なんかよりもずっとお元気だ」と、メリヴェイルは大抵《たいてい》二週間かそこら措《お》きに訪ねて来ては、

一

シェリー酒を啜《すす》りながら云うのであった。「先生ぐらいのお齢《とし》になれば、疾《と》っくにこう云ういろいろな恐しい病気に罹《かか》っているのが普通なんです。先生は真に天寿を全《まっと》うすることの出来る数少い幸せ者の一人ですよ。勿論それは、仮に死ぬことがあるならばの話ですがね。先生はまったくもって驚くべきオウルド・ボーイだ、こんな人には滅多にお目に掛れない。」しかしチップスが風邪を引いたり、冷い東風が沼沢《しょうたく》地方に吹き荒れたりすると、メリヴェイルはときどき帰りしなにウィケット夫人を玄関脇に呼んで、囁《ささや》くことがあった――「あの人のお世話を頼みますよ。胸がね……あんな風《ふう》だとどうしても心臓に負担が掛るからね。特にどこが悪いと云う訳《わけ》ではないんだが――何しろ齢が齢だから。この齢と云う奴《やつ》が結局は一番命取りになりかねない病気なんでね……」

齢が齢……まったくそのとおりであった。一八四八年の生れで、まだよちよち歩きの子供のときにあの大博覧会(一)に連れて行ってもらったのだ――そんなことが自慢出来る人はもうそう多くは生きていない。そればかりか、チップスはウェザビー時代のブルックフィールドだって憶《おぼ》えているのだ。驚異的な事だ。ウェザビーは当時もう既に老人だった――あれは一八七〇年だ——普仏《ふふつ》戦争のあった年だからよく憶えている。チップスはメルベリー校で一年間勤めたあとブルックフィールド校を志願したのである。メルベリーとはどうも馬が合わなかった。と云うのも、そこでは大分苛《いじ》められたからである。しかしブルックフィールドとはほぼ最初から馬が合った。チップスは予備面接のあったあの日のことを今でも憶えていた——七月のよく晴れた日で、あたりには花の香《か》が漾《ただよ》い、クリケット場からはプリック、プロックと球を打つ音が聞えていた。折しもブルックフィールドとバーンハーストの対抗試合が行われていて、あのときはバーンハーストの選手の一人が——丸まると肥《ふと》った小柄な少年だったが——ものの見事に百点打を放ったっけ。妙にそんなことがはっきりと記憶に残っている。ウェザビーその人はいかにも父親然《ぜん》とした、物腰の鄭重《ていちょう》な人であった。気の毒に、その頃既に体調がよくなかったに違いない。と云うのは、その年の夏休みのうちに、チップスが初めての秋の新学期を迎える前に、亡くなったからである。しかしともかくも、二人は会って言葉を交したのだ。チップスはウィケット夫人の家で煖炉の火にあたりながらしばしば思った——自分は老ウェザビーをまざまざと思い出すことの出来る、世界でただ一人の人間かも知れないな……　まざまざと……確かにそのとおりだ。チップスの脳裡《のうり》にしばしば想い浮ぶのは、あの夏の日の、窓から射し込む日の光に埃《ほこり》が漾って見える、校長室の光景であった。「チッピングさん、あなたは若いし、ブルックフィールドは創立の古い学校です。老いと若きはしばしばうまく結び附くことがあるものです。あなたの情熱をブルックフィールドに注《そそ》いで下さい。ブルックフィールドも何かをあなたにお返しするでしょう。それから生徒に侮《あなど》られんようにすることです。どうやら――あぁ――察するに、メルベリーでは生徒指導があまり得意ではなかったようですね？」

「ええ、はい、どうもそのようでした。」

「まあ、いいでしょう。あなたはまだまだ若いのだし、生徒指導と云うのは多分に経験が物を云うものですからね。あなたはここで再度機会が与えられた訳だ。最初から断乎《だんこ》とした態度をとること――それが祕訣《ひけつ》です。」

多分そのとおりだったのであろう。チップスは初めて自習時間を受持ったときのあの恐しい試練を今でも忘れなかった。もう半世紀以上も昔の或《あ》る九月の日没どきであった。大教室を埋尽《うめつく》した血気盛んな腕白どもが、これぞ恰好《かっこう》の餌食《えじき》とばかりに今にもチップスに飛び掛ろうと待構えていた。顔艶がよく、高襟《たかえり》を着け、長い頬髯《ほおひげ》を生やした（当時の奇妙な流行であった）若きチップスは、今まさに五百人の無節操な悪童どもの意のままになろうとしていた。これら悪童どもにとって、新任教師を翻弄《ほんろう》することは一種の藝術であり、心ときめくスポーツであり、多少は伝統の一部であった。個人的には礼儀も心得た少年達なのだが、集団になると残酷な、手に負えない存在になるのだ。チップスが壇上の机の前に坐《すわ》ると、突然しんとなった。チップスは内心の不安を隠すためにわざと顰《しか》め面《つら》を装《よそお》っていた。背後の大時計の時を刻む音、インクとワニスの匂い。血のように真赤な日没の光がステンド硝子《ガラス》の窓から何枚もの板のようになって斜めに射し込んでいた。誰かが机の蓋《ふた》をばたんとさせた――即座に、皆の意表を突かねばならぬ――自分は馬鹿な真似を許さない教師であることを示さねばならぬ。「君、その五列目の君――赤毛の君だ――名前は？」――「コリーです。」――「よろしい、コリー、君は百行清書だ。」そのあとは何の面倒もなかった。第一ラウンドはチップスの勝ちであった。

一

後年、このコリーはロンドン・シティー区の参事会員とか准男爵とかその他いろいろな肩書を持つようになったとき、息子（これも赤毛であった）をブルックフィールドに入学させた。するとチップス曰《いわ》く、「コリー、君のお父さんはな、私が二十五年前にここに赴《ふ》任《にん》して来て最初に罰を与えた生徒だった。君のお父さんは当時罰を受けるに相応《ふさわ》しい生徒だった。君は今それに相応しい生徒と云う訳だ。」生徒達はみな腹を捧《かか》えて笑った。息子が次の日曜日の手紙(二)でこのことを家へ知らせると、父親のサー・リチャード(三)も大笑いし、暫《しばら》く笑いが止らなかった。

それからさらに年が経って、その後何年も経って、冗談はさらに一段と冴《さ》えた。またしてもコリーが入学して来たのだ――最初のコリーの息子であったコリーの、そのまた息子であった。チップスはその頃までに言葉の途中に例の短い「ああ」を挿《はさ》むのがすっかり癖になっていたが、その「ああ」を挿みながら云ったものだ。「君は――ああ――遺伝と云うものの――ああ――見事な実例だな。君のお祖父《じい》さんのことはよく憶えているが――ああ――ラテン語の奪格独立句《アブラテイヴ・アブソリュート》が到頭呑込めなかった。出来なかったな、君のお祖父さんは。

君のお父さんも——ああ——よく憶えとる——いつも壁際のそっちの机に坐っとった——これもあんまり出来なかったな。だが思うに——ねえ、コリー君——君は——ああ——三人の中で——一番出来が悪いな。」大爆笑。

一つの見事な冗談なのだな、こうやって年を取って行くと云うことは——しかし或る意味では、悲しい冗談でもあるな。チップスは、秋の強風ががたがたと窓を鳴らすのを聞きながら煖炉のそばに坐っていると、可笑《おか》しかった思い出や哀しかった思い出が波のようにあとからあとから押寄せて来て、ついには涙が出て来るのであった。それでそんなときにウィケット夫人がお茶を持って入って来たりすると、夫人にはチップスがそれまで笑っていたのか泣いていたのかよく判《わか》らないことがあった。それは当のチップスにも判らなかったのである。

二

まるで塁壁《るいへき》のような楡《にれ》の古木の並木路の向うに、秋の紅葉した蔦《つた》に蔽《おお》われた赤褐色のブルックフィールドの校舎があった。一群の十八世紀の建物が四角の中庭を取囲むように集り、その向うに広びろとした運動場があり、さらに小さな学園村が続いて、その先には沼沢地が拡っていた。ブルックフィールドは、ウェザビーの云ったように、創立の古い学校であった。もとはグラマー・スクール(四)として、エリザベス朝時代(五)に発足したのであるから、もっと運が好ければ、ハロウ校(六)と同じぐらいに有名になっていたかも知れなかった。しかしその運はあまり好くなかった。学校は浮き沈みを経験し、或る時代には廃校寸前にまで衰えたが、そうかと思うと輝かしい発展を示した時代もあった。その発展した時代の一つであるジョージ一世の御代《みよ》(七)に本館が再建され、大掛りな増築がなされた。その後、ナポレオン戦争後から(八)ヴィクトリア朝時代(九)の半ばまで、学校はまたしても衰頽期《すいたい》に陥《おちい》り、生徒数も減り、名声も揚《あが》らなかった。一八四〇年にウェザビーが赴任して来て、多少運勢を挽回《ばんかい》したものの、その後の歴史に於いてこの学校が一流校の地位に昇ることは一度もなかった。それでも、二流校の中では優良校であった。幾つかの名門の家族がこの学校を贔屓《ひいき》にし、学校も、裁判官や国会議員や植民地の行政官、少数の貴族や主教など、時代の歴史を作る人物達をそれなりに世に送り出していた。しかしながら、卒業生の大部分は商人や製造業者、或は医師や教師や弁護士などで、あとは地方の郷士《ごうし》や教区牧師が精精のところであった。要するに、この学校は、その名前が誰かの口に上ると、ときに俗物どもをして、その名前はどこかで聞いたことがあるような気がするな、と云わしむる程度の学校だったのである。

しかし、もしこの程度の学校でなかったならば、チップスが採用されることはおそらくなかったであろう。と云うのも、チップスは、社会的な地位や学問的な面で、当のブルックフィールド同様別に見劣りはしなかったが、やはりブルックフィールド同様とりわけ秀《ひい》でてもいなかったからである。

二

チップスは最初このことに気附くのに少し時間が掛った。それは何もチップスが自惚《うぬぼ》れていたとか思い上っていたとか云うのではなく、チップスとて二十代の初め頃は、その齢頃の大抵の青年なみには野心家だったからである。チップスの夢は、何《いず》れは本物の一流校の校長になること、少くとも教頭にはなることであった。しかしその後徐徐に、何度も試行錯誤を繰返すうちに、自分の資格や能力のそれほどでもないことが判って来たのである。例えば、学位にしても何ら特別なものではなかったし、生徒指導も、まずまずの出来で、絶えず向上はしていたものの、いかなる場合でも絶対に大丈夫と云えるほどのものではなかった。また財産がある訳でもなく、有力な縁故関係もなかった。ブルックフィールドで教え始めて十年ほど経った一八八〇年頃になると、チップスは自分がどこかへ栄転出来る見込みは殆《ほとん》どないことを悟り始めた。と同時に、やはりその頃になると、このまま現在の地位に留まっていられることに居心地のよさを覚え始めてもいた。四十にして、チップスはすっかり根をおろし、落着き、至って幸せであった。五十になると、教師陣の中で既に古参格であった。六十になると、新任の若い校長のもとで、自身がブルックフィールドであった。同窓生の晩餐会では常に主賓《しゅひん》であり、ブルックフィールドの歴史と伝統に関わる問題では何事によらず天下の御意見番であった。そして一九一三年、（一〇）満六十五歳になったとき、退職し、小切手と書き物机と置時計を贈られ、路一つ隔てたウィケット夫人の家に部屋を借りて住むことになった。まあ、そう悪くもない一つの経歴が、それ相応に完結した訳である。例の賑やかな学期末の晩餐会の席で、皆は老チップスのために大声で万歳を三唱した。

確かに、万歳は三唱された。ところが、これですべてが終った訳ではなかった。思い掛けないエピローグが、アンコールが、悲しみに沈んだ観客のために演じられたのである。

三

ウィケット夫人に借りた部屋は狭かったが、たいへん陽当りがよく、居心地がよかった。家そのものは不恰好な、勿体《もったい》ぶった造りの家であったが、それは問題でなかった。場所が便利で、それが何よりであった。それと云うのも、チップスは、天気さえ穏やかなら、午後からぶらぶらぶらと運動場へ出掛けて行って試合を観ているのが好きだったからである。帽子に手を当てて挨拶《あいさつ》する生徒達と笑みを浮べながら二言三言言葉を交すのが楽しかったのだ。チップスは必ず新入生全員の顔と名前を憶え、新学期のうちに自分の所へお茶に招《よ》ぶことにしていた。いつも決って村のレダウェイの店から桃色の糖衣《とうい》の掛った胡桃《くるみ》菓子を取寄せ、冬の学期中だと、これにクラムペットが追加された——このクラムペットが煖炉の前に小さな山積みにされると、バターがたっぷりと塗ってあるものだから、一番下に積んである奴は、溶けて底に溜ったバターの中に浸《ひた》っているのである。客人達は、チップスが別別の茶の罐《かん》から注意深く匙《さじ》で量《はか》って取出した葉を入念に混ぜてお茶を淹《い》れるのを、面白がって見ていた。それからチップスは新入生達に出身地や、身内の者でブルックフィールドと関係のある者がいるかどうかなどを訊《たず》ねた。そして皆の皿が空にならないように絶えず気を配り、一時間ほど経ってちょうど五時になると、ちらりと置時計に眼をやって云うのであった――「さてと――ああ――たいへん愉快だった――ああ――こうして君達に会えて――ああ――残念だが、これで――ああ――お開きにしよう……」そうして生徒達を玄関口まで送り、笑いながら握手を交すのである。別れた生徒達は路を横切って学校まで走って帰りながら、口ぐちに意見を述べ合った。「チップスって、なかなか感じの好《い》い爺《じい》さんじゃないか。とにかく、とびきり美味《うま》いお茶を飲ませてくれるし、それに、帰ってもらいたいときは、はっきりとそう云うしさ……」

チップスの方でも、後片附けのために部屋に入って来るウィケット夫人を相手に、自分の感想を述べるのである。「ウィケットさん、実に――ああ――面白かった。ブランクサムと云う子の話だと――ああ――コリングウッド少佐はあの子の叔父に当るそうだ――あのコリングウッドがここにいたのは――あれは――ああ――一九〇二年だったな、確か。いやはや、まったく、コリングウッドのことはよく憶えている。一度笞《むち》を呉《く》れたことがあってね――ああ――体育館の屋根に登りおったものだから――樋《とい》に嵌《はま》った球《たま》を取りに行ったんだ。下手をすりゃ――ああ――頸《くび》の骨を折るところだった、あの馬鹿者めが。ウィケットさん、あの子のことを憶えているかな？　確かあなたが勤めていたときの生徒だった筈《はず》だが。」

ウィケット夫人は、自分の貯《たくわ》えが出来るまで、学校で洗濯物を洗ったり整理したりする仕事を受持っていた。

「ええ、憶えてますとも。私にはいつも生意気な態度をとってました。でも別にあの子と口喧嘩したことはなかったですけどね。ただ生意気ぶってただけで、悪気はなかったんですから。ああ云う子はそうなんですね。勲章を貰《もら》ったのはあの子じゃなかったですか？」

「そう、殊勲章《D・S・O》だった。」

「ほかに何か御用はおありでしょうか？」

「いや、今のところは別に——ああ——礼拝の時間まではね。あの子は戦死したんだ——エジプトでだったな、確か……　そう——ああ——その時間になったら夕食を頼みます。」

「分りました。」

ウィケット夫人の家での快い、平穏な生活。チップスには何の心配事もなかった。年金は充分に入ったし、ほかに多少の貯えもあった。何でもすべて望みどおりにすることが出来た。部屋は家具や飾りが簡素で、学校の教師らしい好みが出ていた。本棚が二、三とスポーツ関係のトロフィー類。炉棚にはさまざまな案内状や、在校生や卒業生の署名入りの写真が所狭しと並べてあった。ほかには擦《す》り切れた土耳古《トルコ》絨毯《じゅうたん》、複数の大きな安楽椅子、壁にはアクロポリス（一一）とフォーラム（一二）の絵が掛っている。これらはほぼすべて昔いた校長公舎《スクール・ハウス》寮の舎監《しゃかん》室から持って来たものであった。本は主《おも》に古代ギリシア、ローマの古典類であったが、これはそれがチップスの専門分野だったからである。ただし歴史や文学の本もほんの彩《いろど》り程度含まれていた。また本棚の一つの一番下の段には探偵小説の廉価《れんか》本がぎっしり

三

と詰っていた。チップスは探偵小説が大好きであった。ときどきはウェルギリウス(一三)やクセノフォン(一四)を取出してほんの暫《しばら》く読むこともあったが、すぐにソーンダイク博士(一五)やフレンチ警部(一六)のもとへ戻った。チップスは長年勤勉に教えては来たが、それほど学識の深い古典学者ではなかった。実際、チップスの考えでは、ラテン語やギリシア語は、英国紳士たるもの、多少は引用が出来る程度に心得ておかねばならぬ死語であって、かつては生きた人間によって話された生きた言葉ではなかった。チップスはタイムズ紙の、自分にも解る二、三の引用句を含むあの短い論説文がお気に入りであった。そのような古典の引用句が理解出来る人は段段少くなりつつあるが、自分がその少数者の一人であることは、何やら有難い秘密結社の一員ででもあるかのように思われた。これこそが古典教育から得られる主要な利益の一つなのだと云うのが、チップスの考えであった。

まあ、そんな風に、読書と談話と追憶を静かに喜びながら、チップスはウィケット夫人の家で日日を送っていた。多少禿げ上ったところもある白髪の老人だが、齢の割にはまだまだ活動的で、お茶を飲んだり、訪問客を迎えたり、ブルックフィールド同窓会名簿の新版のために訂正や補正に勤《いそし》んだり、ときには蜘蛛《くも》の糸のように細い、しかしたいへん読み易い筆蹟で手紙を書いたりした。また、新入生だけでなく、新任の教師もお茶に招んだ。その年の秋の学期には新任の教師が二人あったが、訪問を終えて帰りながら、一人がこんな意見を漏らした——「大分変っているね、あの爺さん。お茶の葉を混ぜるときのあの騒ぎ様《よう》——あれぞまさしく典型的な独身者だ。」

しかしこの意見は生憎《あいにく》と正しくなかった。チップスは決して生涯独身者ではなかったからである。チップスも結婚したことがあったのである。ただ、あまりにも遠い昔のことなので、ブルックフィールドの教職員でチップスの妻のことを憶えている者はもはや一人もいなかった。

四

煖炉の温もりに包まれ、お茶のまろやかな香りを嗅いでいると、遠い昔の思い出が何の脈絡もなく次から次へと浮んで来る。春――一八九六年の春。チップスは四十八歳――生活習慣の型も決り、先ざきの見通しもつき始める齢頃であった。ちょうど校長公舎寮の舎監に任命されたばかりで、その仕事と古典語の授業で、気の抜けない忙しい日日を送っていた。その年の夏休みにチップスは同僚のラウデンと湖水地方へ出掛けた。徒歩旅行をしたり登山をしたりして一週間ほど経ったとき、ラウデンが家に何か急用が出来たとかで帰らなければならなくなった。チップスは引続き一人でウォスデイル・ヘッドに残ることにして、と或る小さな農家に部屋を借りた。或る日、グレイト・ゲイブル山に登ると、若い娘が一人、危っかしい崖縁から躍起《やっき》になって手を振っていた。何か困っているのだなと思ったチップスは急いでその方へ向ったが、途中で足を滑らせ、踝《くるぶし》を挫《くじ》いてしまった。事情が判ってみると、その娘《こ》は何も困ってなどおらず、山の遥か下の方にいる友達に合図を送っていただけであった。聞けば、相手は玄人跣《くろうとはだし》の登山家で、チップスも山登りは得意な方であったが、それよりもずっと上手《うわて》であった。何のことはない、チップスは助けるつもりが助けられたと云うことになってしまった訳だが、どちらの役廻りにしてもあまりチップスの好みではなかった。それと云うのもチップスは、口にこそ出さなかったが、女が苦手だったからである。女と一緒にいるとどうも気詰りで、気持が落着かないのだ。それに最近話題になり始めている例の怪物、九〇年代の新しい女《ニュー・ウーマン》に対しては、心底から恐れをなしていた。チップスは物静かな、世間なみの古風な男であったから、ブルックフィールドと云う安穏な避難場所から眺めていると、世の中は忌わしい革新騒ぎに満ちているように思われた。バーナード・ショー(一七)と云う名前の男がいて、世にも奇妙な、不届き極まりない説を唱えていた。イプセン(一八)と云う男も人騒がせな芝居を書いていた。また、近頃は新たに自転車熱が起り、男のみならず女までがこれに夢中であった。チップスはこう云う当世風《とうせいふう》の新

「或る日、グレイト・ゲイブル山に登ると……」

しがりや自由には賛同しなかった。チップスは、素敵な女性とは弱くて、内気で、淑《しと》やかなものであり、素敵な男性とはそう云う女性を、慇懃《いんぎん》な、ただし多少距離を措いた騎士道精神で遇《ぐう》するものだと、もし仮にこれを明確に表現するならば、そんな風になる考えを漠然と抱いていた。だから、グレイト・ゲイブル山で女の姿を見掛けようとは思ってもいなかった。ところが、男の助けを必要としているかに見えた女に出会ったのに、あべこべに自分の方が女に助けられる破目になったのだから、これはさらに驚きであった。と云うのも現にその娘がチップスを助けたからである。友達と二人掛りで助けなければならなかった。チップスは殆ど歩くことが出来ず、そのチップスをウォスデイルまで急な山径を連れおろすのは一仕事であった。

その娘の名前はキャサリン・ブリッジズと云った。齢は二十五歳――まだ若く、チップスの娘にしてもおかしくない齢頃であった。眼は青く、輝き、頬には雀斑《そばかす》があり、髪は艶《つや》やかな麦稈色《むぎわらいろ》をしていた。キャサリンもまた一人の女友達と一軒の農家に部屋を借りて休暇を過していたのだが、チップスの怪我《けが》は自分に責任があると感じたので、たびたび湖

四

畔の径《みち》を自転車に乗って、この物静かで真面目そうな中年男が横になって静養している家へ見舞にやって来た。物静かで真面目そうな中年男と云うのが、キャサリンのチップスに対する第一印象であった。一方チップスの方は、相手が女だてらに自転車などに乗って、農家の居間に一人でいる男のもとへ平気でやって来るので、一体世の中どうなっているのかと、何やら不思議な気持であった。そうは云っても、足首を捻挫したチップスとしてはその娘の情《なさけ》に縋《すが》らざるを得ず、そうなってみると、自分がいかにその情を必要としているかがすぐに判った。キャサリンは住込みの家庭教師をしていたが、多少の貯えが出来たので、今は止めていた。イプセンを愛読し、女もオックスフォードやケンブリッジに入学が認められるべきだと信じ、さらには女にも選挙権が与えられるべきだとさえ考えていた。政治的には急進派で、バーナード・ショーやウィリアム・モリス（一九）のような人達の考え方に傾倒していた。キャサリンはそう云う考えや意見を、ウォスデイル・ヘッドで夏の午後を過すあいだ、チップス相手に滔滔《とうとう》と喋《しゃべ》った。チップスは自分の考えをあまりはっきりと口にする方ではなかったから、最初のうちはいちいち反駁《はんばく》するほどのこともないと考えていた。やがてキャサリンの友達は帰って行ったが、キャサリンはあとに残った。こんな女はどう扱えばいいのだろう、とチップスは思った。チップスは杖を頼りに片足を引摺《ひきず》りながら、小さな教会へ続く小径をよく歩いた。教会の壁にはいい具合に板石《いたいし》の出っ張りがあった。そこに腰をおろして、陽射《ひざし》を浴び、緑と茶の混ったゲイブル山の雄姿を眺めながら、綺麗《きれい》な娘の――そう、チップスもそれは認めざるを得なかった――お喋りに耳を傾けているのは満更《まんざら》でもなかった。

チップスは未だかつてこんな娘には会ったことがなかった。当世風の女、この種の「新しい女」の云ったりしたりすることにはきっと反撥を覚えるだろうと云うのが、チップスの日頃の考えであった。ところがここにこうして当世風の娘が現れてみると、その娘が自転車を飛ばして湖畔の径をやって来る姿の見えるのが待遠しくなり始めたのである。そしてキャサリンもまた未だかつてこんな男には会ったことがなかった。大体タイムズを読んで当世風を認めようとしないような中年男は退屈でやりきれないに決っていると思っていたのだが、ここにこうしてそう云う中年男が現れてみると、自分と同じ齢頃の青年に対す

四

るよりも遥かに強い興味と関心を覚えずにはいられなかった。最初に相手が好きになったのは女の方であった。それと云うのも、その人柄には容易に見透《みす》かせない深味があったからであり、その態度が優しく親切で穏やかだったからであり、その物の考え方こそあの何とも堪《たま》らない七〇年代や八〇年代のもの、どころかもっと以前のものであったけれども――にも拘《かかわ》らず、云うことがまったくもって正直だったからであり、そしてそれから――それから、その眼が鳶色《とびいろ》で、笑顔がたいへん魅力的だったからである。「勿論、私もチップスってお呼びするわ」とキャサリンは、それが相手の学校での渾名《あだな》だと知ると、云った。一週間も経たないうちに二人はすっかり恋に落ちてしまった。チップスが杖なしで歩けるようになる前に、二人とも自分達はもう婚約したものと思っていた。そして秋の学期が始まる一週間前に二人はロンドンで結婚したのである。

五

チップスは、ウィケット夫人の家で夢現に時を過しながら、当時のことを思い出すと、よく自分の両足に視線を落して、あのような素晴しい働きをしたのはどっちの足だったかなと思った。それは、些細《ささい》なこととは云え、のちにあれほど多くの大切な出来事をもたらした最初の原因であったのに、その詳細がもうチップスには思い出せなかった。しかし、今でも（その後湖水地方へ出掛ける機会は二度となかったが）、ゲイブル山の壮大な円い峰やスクリーズ山の麓《ふもと》のウォスト・ウォーターのいかにも深そうな鼠色《ねずみいろ》の湖水はありありと瞼《まぶた》に浮んで来たし、沛然《はいぜん》たる驟雨《しゅうう》のあとの洗われた空気の匂いも嗅ぐことが出来た。またスタイ・ヘッドの峠へ続く細い紐《ひも》のような山径も辿《たど》って行くことが出来た。あの眼の眩《くら》むような幸福の時、夕暮どきの湖畔の散策、キャサリンの涼やかな声と陽気な笑い声、み

五

な未だにはっきりと心に残っていた。キャサリンはいつも本当に幸せそうであった。二人はそれこそ夢中になって将来の計画を立てた。しかしチップスは将来についてはむしろ慎重で、多少の恐れすら抱いていた。勿論、キャサリンがブルックフィールドに来ることには何の問題もないであろう。ほかにも結婚している舎監達はいるのだから。それにキャサリンは男の子達は好きだと云っているし、生徒達の中で楽しく暮すであろう。「ああ、チップス、あなたが学校の先生だなんて、本当に嬉しいわ。私、もしかしたら、あなたは弁護士か株式仲買人か歯医者か、或《あるい》はマンチェスターで大きな木綿問屋でもやっている人かと思っていたの。勿論、最初にお会いしたときのことよ。学校の先生はそんなのとは大違い、それはそれは重要なもの、でしょう？　これから大きくなって、世の中にとって大切な存在になる子供達の心に影響を及ぼすんですもの……」

チップスは、今まで教師の仕事をそんな風に考えたことはない——と云うか、少くともそうしばしばはない、と云った。自分は最善を尽している。誰がどんな仕事に就こうと、出来ることはそれだけなのだから。

「ええ、勿論よ、チップス。私、あなたのそんな風に物事を飾らないで仰有《おつしや》るところが大好きなの。」

そして或る朝――これもまた思い出そうとすると、それこそ宝石のように一点の曇りもなく思い出せるのだが――チップスは何となく自分と自分の地位や学識のすべてを卑下したい痛切な欲求に駆られていた。そこで、自分の学位は月並なものに過ぎないし、ときどき生徒指導も上手《うま》く行かないし、これ以上昇進しそうにないことも確かだし、だから自分には夢多き年若い女性と結婚する資格などまるでないのだとキャサリンに話した。キャサリンはチップスの話を最後まで聞いていたが、何も云わずにただ笑っただけであった。

キャサリンは既に両親がいなかったので、イーリングに住む叔母に親代りになってもらって結婚した。挙式の前の晩、チップスがホテルへ戻るためにその叔母の家を出るとき、キャサリンはわざと真面目くさった口調で云った――「ねえ、私達がお別れするのも、いよいよこれが最後ね。私、何だか、あなたのもとで新学期を迎えようとしている新入生のような気持なの。別に怯《おび》えている訳ではないのよ、よくって――ただ、今度だけはすっかり尊敬する気分になっているの。私、あなたをただ『先生』とだけお呼びしようかしら——それとも『チップス先生』の方がいいかしら？　やっぱり『チップス先生』よね。それじゃ、さようなら——チップス先生、さようなら……」

（辻馬車がパカパカと蹄《ひづめ》の音を立てて車道を走って行く。蒼白い瓦斯燈の灯が濡《ぬ》れた舗道《ほどう》の上でちらちらと揺れている。新聞売りの少年達が南アフリカがどうとか叫んでいる。ベイカー街を行くシャーロック・ホウムズ。）

「チップス先生、さようなら……」

六

　それからたいへん幸せな一時期が続いた。チップスは、ずっとのちになって当時を思い出すとき、あれほど幸せなことはあとにも先にもついぞなかったような気がした。と云うのもチップスの結婚は大成功だったからである。キャサリンはチップスを征服したようにブルックフィールドも征服し、生徒達にも教師達にも大変な人気者であった。教師の妻達でさえ、あまりにも若くて愛らしい女性を眼の前にして、最初は嫉妬《しっと》しそうになったが、その魅力にいつまでも抗《あらが》うことは出来なかった。

　しかし一番の驚きはキャサリンがチップスのうちにもたらした変化であった。結婚前のチップスはどちらかと云うと情味に乏《とぼ》しい、あまり特色のない人物であった。ブルックフィールドでは概して好感を持たれ、評判もよかったが、非常な人気者になったり、熱烈な愛情の的になったりする素質には欠けていた。ブルックフィールドに赴任して既に四半世紀以上が過ぎ、この年月は、立派な、仕事熱心な男としての自分を確立するには充分な年月であったが、もっとそれ以上のものになり得る男だとまわりの者に信じさせるには些《いささ》か長すぎる年月でもあった。チップスは、事実、この職業の最悪にして最終的な落し穴である、あの徐徐に忍び寄って来る教育法の形骸化《けいがいか》に既に陥り始めていた。毎年同じ授業を繰返しているので生活が型に嵌《はま》ってしまい、普段の生活から外《はず》れるようなことが起っても、知らぬ間に易やすとやり過してしまうようになっていたのである。仕事はよくしたし、良心的であった。一つ所に留まって、恩恵、満足、信頼、何でも与えてくれたが、ただ、霊感だけは例外であった。

ところがそこへ、誰も想ってもいなかった——当のチップスが一番想ってもいなかった——この驚くべき、娘のような若妻が現れたのである。そしてこの若妻はチップスをどう見ても新しい人間に変えてしまった。尤《もっと》もその新しさの大部分は、実際は、既に老《ふ》け込み、囚われ、もう無理だと想われていたものが熱を帯びて甦《よみがえ》って来たものであった。眼は輝きを帯び、心は——もともと華ばなしい才気はなくとも素養は充分に具《そな》わっていたから——これまでになく大胆に動き始めた。一つ、チップスが常に失わずに持ちつづけて来たもの、それはユーモアのセンスであったが、そのユーモアのセンスが、年輪から来る円熟味も加わって突然豊かに花開いた。チップスは今まで覚えたことのない大きな力を感じ始めた。生徒指導も上達し、或る意味で以前ほど厳格でなくなった。自然、人気も出て来た。チップスは初めてブルックフィールドに来たとき、生徒から愛情と尊敬と服従を贏《か》ち得るつもりであった——少くとも、生徒を従わせることだけはするつもりであった。服従は既に贏ち得ており、尊敬も何とかものにしていた。ところが今になってやっと愛情が向けられるようになったのである。親切だが甘くはない先生、生徒達を充分に理解してくれるが、そうかと云って物解りがよすぎることはない先生、私生活の幸福を通して自らを生徒達の幸福と結び附ける先生——そう云う先生に対して生徒達は俄然《がぜん》愛情を抱き始めたのである。チップスはちょっとした洒落《しゃれ》や冗談を口にするようになった。それは記憶法や語呂合せと云った生徒達の喜びそうなもので、笑わせながら同時に何かを心に留めるものであった。

六

これはほかにも数多くある中のほんの一例だが、必ず生徒達を喜ばせるものが一つあった。ローマ史の授業で、貴族と平民との結婚を認めたカヌレイア法に話が及ぶと、チップスは決って最後にこう附加《つけくわ》えたのである――「まあ、そんな訳で、もし平民嬢が貴族氏との結婚を望んでいるのに、貴族氏の方がそれは出来ないと云ったら、平民嬢は多分こう云っただろうと思うんだ、『あら、出来るわよ、この嘘吐き《ライアー》！』ってね。」大爆笑。

キャシーはまたチップスの物の見方や考え方の幅を拡げ、ブルックフィールドの屋根や小塔の遥か彼方《かなた》まで見はるかす眼を与えた。その結果、チップスは自分の祖国が深遠な有難いものであり、ブルックフィールドはその祖国に養分を供給する数多くの流れの一つに過ぎないことを悟った。キャシーはチップスよりも頭が良かった。チップスは仮にキャシーの考えに不賛成のときでも、その考えを論駁《ろんばく》出来なかった。例えば、キャシーがいくら急進的な社会主義の立場から議論をしても、チップスは依然として政治的には保守党の支持者であった。しかしチップスは相手の考えを受容《うけい》れないときでも、その理想主義は吸収した。つまりキャシーの若い理想主義がチップスの円熟に働き掛けて、至って穏和で賢明な合金を作り出したのである。

しかしときにはキャシーがチップスを完全に説得することもあった。例えば、こんなことがあった。ブルックフィールドはロンドン東部の下町に貧民のための慈善学校を経営していた。しかし生徒も父兄も金銭的には気前よく寄附していたが、本人自ら接触することは殆どなかった。この慈善学校のサッカー・チームをブルックフィールドに招《よ》んで、本校のチームの一つと試合をさせるべきだと云い出したのはキャサリンであった。この考えはあまりにも革命的なものであったから、もしこれがキャサリン以外の人の口から出たものであったなら、最初の冷やかな反応にいともあっさり立消えになっていたであろう。貧民街の少年達を上流階級の若者達の平穏な運動場に招いたりすることは、触れずにそっとしておく方がいい種類のことを気紛《きまぐ》れに攪《か》き乱すだけのことだと、最初は思われた。教職員は挙《こぞ》って反対であり、全校生徒も、もし意見を求められたなら、おそらく反対であったろう。イースト・エンドの少年達などどうせ破落戸《ごろつき》だろうし、そうでなくてもこちらが不愉快な思いをさせられるに決っている、と誰もが思った。何《いず》れにせよ、何かしら「悶着《もんちゃく》」が起るだろうし、誰もが困惑し、狼狽《ろうばい》するだろう。しかしキャサリンは自説を枉《ま》げなかった。

「ねえ、チップス」とキャサリンは云った、「皆さん間違っているわ。私の方が正しいのよ。私は未来を見ているのに、皆さんもあなたも過去しか見ていない。イギリスだってそういつまでも士官や将校クラスと『その他の兵卒《へいそつ》』に分れてはいないでしょう。それにそう云うポプラー地区の少年達だって大切な存在なんです――イギリスにとっては――ブルックフィールドと同じように。ねえ、チップス、その子達をここへ招ばなくてはいけないわ。あなただって、二、三ギニーの小切手を書くだけであとは寄せつけないと云うのでは、御自分の良心を満足させることは出来ない筈です。しかも、その子達だってブルックフィールドを誇りに思っているんです――決してあなた方に劣らず。何れ数年も経てば、多分、そう云う少年達もここへ来るようになるでしょう――数は少くても、きっとそうなります。いいじゃないですか。どうしていけないことがありまして？　ねえ、チップス、よくって、今は一八九七年なのよ――あなたがケンブリッジにいらっしゃった六七年ではないのよ。あなたは御自分の考え方をその頃にすっかり固めてしまわれたのです。勿論その多くは立派な考え方です。でも少しだけ――ねえ、チップス、ほんの少しだけ――考え直す必要があると思うの……」

むしろ当のキャサリンが驚いたほどに、チップスはあっさりと譲歩すると、突然この提案の熱心な主張者になった。その豹変《ひょうへん》ぶりがあまりにも見事だったので、学校当局も不意打ちを喰らった恰好で、気が附いたときにはこの危険な実験に同意してしまっていた。そこで或る土曜日の午後、ポプラー地区の生徒達がブルックフィールドへやって来て、本校の二軍チームとサッカーの試合をやり、正正堂堂と戦って七対五で惜敗《せきはい》、試合のあと、大食堂で本校の選手達と肉料理附きの午後のお茶を共にした。それから校長に会って校内を案内してもらい、夕方帰るときはチップスが鉄道の駅まで見送った。すべてが何の支障もなく進んだ。そしてこの来訪チームが好《よ》い印象を持って帰っただけでなく、好い印象を残して行ったことも明らかであった。

ポプラー地区の生徒達は、自分達を迎えて優しい言葉を掛けてくれた一人の魅力的な女性の思い出も持って帰った。それから何年かのちの大戦中のことだが、ブルックフィールドの近くの大きな駐屯地《ちゆうとん》に配属された一人の兵卒が一度だけチップスを訪ねて来て、自分はあの最初の遠征《えんせい》チームの一員だったと云った。チップスはお茶を振舞い、談笑した。やがて別れの握手を交しながら、その男が云った――「ところで奥様はお元気ですか。奥様のことはよく憶えとります。」

「憶えているって?」チップスは勢い込んで答えた。「家内のことを憶えていてくれたの?」

「勿論ですとも。誰が忘れるもんですか。」

チップスは答えた、『それがそうでもなくてね。少くとも、ここではね。生徒達は入って来ては出て行くだろう、いつも新顔ばかりで、思い出が永続きしないんだ。先生方だってずっといる訳じゃない。去年グリブル爺さんが辞めてからは――ああ――学校の賄《まかな》い方だった――ここにはもう家内の顔を憶えている者は一人もいなくなった。家内はね、君達がやって来てから一年も経たないうちに亡くなったんだ。九八年だった。」

「それはまた何ともお気の毒なことです。でも私の友人の何人かは、とにかく奥様のことははっきりと憶えとります、お会いしたのはあのとき一度っきりですけど。ええ、みんなようく憶えてますとも。」

「いや、有難う……　あの日は本当に素晴しい一日だった——それに試合もよかった。」

「私にとっても生涯最良の日の一つです。今が今でなくて、あのときだったらと思います。心底そう思います。私は明日《あした》フランスへ発《た》ちます。」

それから一月ほどして、チップスはこの男がパッシェンデイル(二〇)で戦死したことを聞き知った。

七

そんな風に、キャサリンとの結婚生活はチップスの人生に於ける温かな、生き生きとした一時期であったが、それは今でも無数の思い出のうちに輝く光を放っていた。夕暮どきウィケット夫人の家にいて、学校の鐘が点呼を告げるのを聞いていると、その無数の思い出が取りとめなく次つぎと浮んで来た——石畳の廊下を小走りに急いでいたキャサリン、チップスが採点している生徒の作文に傑作な大間違いがあると、横で見ていて声を上げて笑ったキャサリン、学校の音楽会でモーツァルトの三重奏を演《や》ったときチェロを受持ったキャサリン——そのクリーム色の腕が褐色に光る楽器の上を嫋《しな》やかに動く。キャサリンは楽器の演奏も上手《うま》く、なかなかの音楽家だった。それから毛皮の外套を纏《まと》い、マフに両手を入れて十二月の寮の対抗試合を観ていたキャサリン、卒業式で表彰式のあとに続いた園遊会でのキャサリン、どんな些細な問題でも助言を惜《お》しまなかったキャサリン。それもい い助言だった——チップスは常に受容れた訳ではなかったが、常に何らかの影響は受けた。

「ねえ、チップス、私ならその子達は放っておくわ。結局のところ、そう深刻に受止めるほどの問題でもないと思うの。」

「分ってる。僕も放っておきたいんだが、そうすると、またやるんじゃないかと思ってね。」

「それなら率直に仰有《おつしや》ってみたら？ そして様子を御覧になるのよ。」

「そうするかな。」

ときには深刻な問題が起ることもあった。

「でもねえ、チップス、考えてみれば、ここにこうして何百人もの少年達を閉込《とじこ》めておくことがそもそも不自然なことなのよ。ですから、何か不都合なことが起ったからと云って、それをあたかも生徒達がここにいるのが悪いのだと云わんばかりに非難するのは、少し不当だと思いません？」

「どんな些細な問題でも助言を惜しまなかったキャサリン」

「さあ、それはどうだかな、キャシー。ただ僕に分っているのは、皆のためを思えば、この種のことには少し厳《きび》しくしなければならないと云うことだ。黒い羊が一頭いるとほかの羊も黒くなると云うからな。」

「それはつまり、その子だって最初は白かったと云うことです。結局、ありようはそう云うことではありませんの？」

「かも知れない。でも仕方がないな。とにかく、僕はブルックフィールドはほかの多くの学校よりも立派な学校だと信じている。それだけになおさら立派に保って行かなければならないのだ。」

「でもこの子は、チップス……あなたはこの子を退学させるおつもりなの？」

「僕が云えば、校長は多分そうするだろう。」

「それであなたは校長先生に仰有るつもりなの？」

「義務だからな、仕方がないだろう。」

「もう少し考えてみることは出来ませんの……もう一度本人に話してみるとか……そもそ

七

もの事の起りを調べてみるとか……結局――このことを別にすれば――この子はどちらかと云えば良い子なんじゃありませんの？」

「ああ、ちゃんとした子だ。」

「それなら、ねえ、チップス、何かほかにも手がある筈だと思いません？　……」

などなど。十回に一回ぐらいはチップスも頑として譲ろうとしなかった。しかしこの例外的な場合でもそのうちの半分ぐらいはあとになって忠告を受容れておけばよかったと思った。後年、生徒のことで問題が起るたびに、チップスは自分の心を和らげるべく押寄せて来る追憶の波のなすがままになった。生徒がチップスの前に立って、罰を云い渡されるのを待っている。もしその生徒が鋭い観察力の持主なら、チップスの鳶色《とびいろ》の眼がきらりと輝きを帯びて、何も問題はないと語っているのを見抜いたであろう。しかしそのような生徒でも、そのような瞬間にチップスがその生徒が生れるずっと以前に起った或ることを思い出しながら、この悪童め、貴様を大目に見る理由などこのわしには金輪際《こんりんざい》思い附かん、だがキャシーならきっと思い附いたろう、と考えていようとは、よもや思いも及ばなかったろう。

しかしキャサリンは常に寛大な処置だけを懇願した訳ではなかった。かなり稀《まれ》にではあったが、チップスが赦《ゆる》してやる気になっているときに厳罰を主張することもあった。「私はああ云うタイプは嫌いです、チップス。あの子は自惚《うぬぼれ》が過ぎます。わざと面倒を起すような振舞をするのなら、断乎《だんこ》罰するべきです。」

何と多くの些細な出来事が過去に深く埋《うも》れてしまったことか——かつては緊急の対応を迫られた問題も、かつては激しいやりとりを交した議論も、可笑《おか》しかったことを憶えていると云うだけの理由で可笑しかった逸話《いつわ》も。いかなる感情にせよ、その最後の痕跡《こんせき》が人間の記憶から消えてしまうとき、果して意味があるのだろうか。仮に意味はないのだとしても何と多くの感情が、いよいよ消去る前の最後の依代《よりしろ》でもあるかのように、チップスに取縋《とりすが》っていることか！　チップスとしてはそれらの感情を親切にもてなさなければならない、それらが永遠の眠りに就く前に心に留めて大切にしてやらなければならない。例えば、あのアーチャーの辞職の件——あれは何だか妙な話だった。それから老オウグルヴィーが聖歌隊の練習を見てやっているあいだにダンスターが二階のオルガン奏者席に鼠を入れた事件。オウグルヴィーは既に亡く、ダンスターはユトランド半島沖の海戦（二一）で戦死した。この出来事を目撃したり話に聞いたりした者も、大抵は忘れてしまったことだろう。その他の出来事にしても、もう何世紀ものあいだ似たようなことの繰返しだ。エリザベス朝時代以来の何千何万の生徒達、何代も何代も入替《いれかわ》り続いて来た教師達、ブルックフィールドの歴史にあってほんの微かな記録さえ残っていない幾つもの長い空白の時代――それらのことが突然チップスの脳裡に浮んだ。五年生用のあの古い教室がなぜ「奈落《ならく》」と呼ばれているのか誰も知らない。最初は何か理由があったのだろうが、その後忘れられてしまったのだ――ちょうどリウィウスの失われた史書（二二）が忘れられてしまったようなものだ。また近くのネイズビーでクロムウェルの戦い（二三）があったとき、ブルックフィールドはどうなったのか？　一七四五年のあのジャコバイト叛乱事件の大恐慌（二四）に対して、ブルックフィールドはどう反応したのか？　ワーテルロー（二五）からイギリス軍勝利の知らせが届いたとき、学校は終日休校になったのだろうか？　そんな風に続いて、やがてチップス自身が思い出すことの出来る最も遠い昔である一八七〇年（二六）になるのだが、その年ウェザビーはチップスとの最初で最後の会見のあと、雑談の折にこう云ったのだ――「どうやら我我も何れ近いうちにプロシア人と話をつけなくてはならないようだね？」

チップスはこのようなことを思い出すとき、一つこれらを書留めて一冊の本にしてみようかと思うことがよくあった。それでウィケット夫人の家で日日を過しながら、ときには実際に雑記帳に向って漫然と書留めてみることもあった。しかしすぐに幾つかの困難にぶつかって行詰った。何よりも厄介なのは、物を書くと精神的にも肉体的にもひどく疲れることであった。またどう云う訳か、実際に書いてみると、折角の思い出も色合の多くが失《う》せてしまうのである。例えば、あのラシュトンと馬鈴薯《じやがいも》袋の話にしても、文字にしてみるとどうもひどく間が抜けて見える――だが、ああ、あれはあのとき何と可笑しかったことか！　あの話は思い出しただけでも可笑しい。しかし、もし誰もラシュトンを憶えていないとすれば……憶えている者はいないだろう、とにかくこんなに長い年月が経ってしまったのだから……随分遠い昔のことだ……ウィケットさん、あなたはラシュトンと云う名前の子を憶えてますか？　いや、あなたの来られる前だったな、多分……何か政府の仕事でビルマへ行ったんだ……ボルネオだったかな……ほんとに可笑しな奴だった、ラシュトンは……

そうしてチップスはまたもや煖炉の前で夢見がちになり、自分だけにしか面白さの分らない昔のさまざまな出来事の夢を見つづけるのであった。可笑しかったことや悲しかったこと、喜劇的だったことや悲劇的だったこと、それらがみな心の中で一緒くたになる——しかしいつかは、それがいかに困難な仕事であろうと、それらを整理して本にしよう、と思うのだ……

八

それから、あの九八年の春の日のことはどうしても心から離れなかった。その日チップスはブルックフィールドの村をのろのろと歩いていた。何だか判らぬ恐しい悪夢の中を、その外の、相変らず陽が照り、何も彼もが違っている別世界へ逃れ出ようと、半ば踠《もが》いているような気持であった。校門の外の小径でフォークナー少年がチップスを待っていた。

「あのう、先生、僕、午後休んでもいいでしょうか？　家族がやって来るんです。」

「えっ？　何だって？　ああ、いいとも、いいとも……」

「礼拝にも出なくていいでしょうか？」

「いいとも……いいとも……」

「それから駅まで家族を迎えに行ってもいいでしょうか？」

チップスは危うくこう答えそうになった——「地獄へでもどこへでも勝手に行くがいい。私は妻が死んだのだ、子供も死んだのだ、この私も死んでしまいたい気持だ。」

実際には、チップスは頷《うなづ》いて、蹌踉《よろめ》くような足取でその場を離れただけであった。誰とも話をしたくなかったし、誰からも悔《くや》みを云われたくなかった。出来ることなら、他人から慰めの言葉を掛けられる前に、事態に慣れてしまいたかった。チップスは普段どおり点呼のあと四年生の授業を受持った。生徒達には文法を諳記《あんき》するようにと云って、自分はむっつりと机に向ったまま、いつまでも茫然《ぼうぜん》自失《じしつ》の体《てい》であった。突然誰かが云った——「あのう、先生、先生に手紙が沢山《たくさん》来てますけど。」

確かにそのとおりであった。チップスは手紙の束の上に肘《ひじ》をついていたのである。どれもチップス宛のものであった。チップスは次つぎと手紙の封を切ったが、どれも中には白紙が一枚入っているだけであった。ぼんやりと何だか変だなとは思ったが、何も云わなかった。こんなことはチップスの心を奪っている遥かに大きな事態に較べればどうでもよいことであった。チップスはずっとのちになるまで、これが生徒達による四月馬鹿の悪戯《いたずら》であることに気が附かなかった。

二人は、母と生れたばかりの子供は、同じ日に亡くなった——一八九八年の四月一日であった。

九

チップスは校長公舎寮の広い間取の部屋から結婚前に住んでいた独身者用の部屋に戻った。最初はいっそのこと舎監を辞めてしまおうかとも思ったが、校長に説得されて思い止《とど》まった。あとになってチップスは辞めなくてよかったと思った。この仕事のおかげで何かしらすることがあって、頭と心の空白が充たされたからである。チップスは変った。誰もがそのことに気が附いた。ちょうど結婚がチップスに何かを附加えたように、妻子との死別もまた何かを附加えた。悲しみに暫《しば》し茫然自失したあと、チップスは突然、同僚はともかく少くとも生徒達からは躊躇《ちゅうちょ》なく「老人」の部に入れられる人間になった。そうかと云って、何も急に活潑でなくなった訳ではなかった――クリケット場へ出ればまだまだ五十点打を叩《たた》き出すことが出来た。また自分の仕事に興味と熱意を失った訳でもなかった。それからまた、実際にはもう何年も前から白髪《しらが》が出ていたのだが、今初めて人びとはそのことに気が附いたようであった。チップスは五十歳であった。一度、かなり激しいファイヴズ（二七）をやって、齢が半分ぐらいの多くの連中に決して負けていなかったが、試合のあとで一人の生徒がこんなことを云っているのを耳にした――「爺さんにしてはなかなかやるじゃないか。」

チップスは八十を過ぎてから、よくこのことを人に話してはくすくす笑った。「五十で爺さんだって、ええ？　ああ――ネイラーだったな、あんなことを云いおったのは。ネイラーだって自身もうそろそろ五十になる筈だ。奴《やつこ》さん今でも五十をそんな齢だと思っとるのかな？　最近聞いた噂《うわさ》では、法律をやっとるそうだが、大体法律家と云うのは長生きするものだ――ホールズベリー（二八）を見て御覧――ああ――八十二で大法官、死んだのは九十九だ。それでこそ立派な老齢さ！　五十で爺さんだなんて――まったく、ああ云う連中は五十でもまだ若造なんだ……この私なんか……まだほんの子供だった……」

確かに或る意味ではそのとおりであった。と云うのも、新たな世紀の始りとともに、チ

九

ップスには或る種の円熟味が定着し、その円熟味ゆえに、ますます目立って来た幾つかの癖《くせ》としばしば繰返される洒落や冗談とが互いに結び附いて一つの調和をなすに至ったからである。もはやあの、ときたまちょっとあった生徒指導上の問題もなくなり、自分の仕事と価値に自信を失うこともなくなった。チップスは、ブルックフィールドを誇りに思う気持があるからこそ自分自身と自分の立場にも誇りが持てることに気が附いた。献身ゆえに、自分を最高かつ存分に発揮出来る自由が得られたのだ。チップスは、年功と身に附いた円熟味によって、まだ誰も手にしたことのない特権を贏《か》ち得た。つまり、学校教師や教区牧師などに極めてしばしばありがちな、あの穏やかな奇癖を発揮する権利を獲得したのである。例えば、チップスは同じガウンをぼろぼろになってまともに着られなくなるまで着ていた。そう云うチップスが大教室へ入る踏段の横の木のベンチの上に立って点呼を取っているとき、それはまるで何やら神秘的な儀式にでも没頭しているかのようであった。チップスは生徒の名簿を持って立っている。名簿は長い紙が台紙の上に捲《めく》れ上っている。生徒が一人一人横を通り抜けながら名前を名告《なの》る。その都度チップスは顔を確めて名簿に印を附ける。この生徒の顔を確めるときの眼附――鉄縁の眼鏡を鼻眼鏡にして、眉《まゆ》の一方を他方よりも少し高めに吊上《つりあ》げ、半ばうっとりとしたような、半ば訝《いぶか》っているような眼附――は、学校中で生徒が好んでよくやる物真似の種であった。そして風の強い日だと、ガウンと白髪と名簿が風に吹かれて滅茶苦茶になり、一切が、午後の体育が終って再び教室へ戻るあいだに挿《はさ》まれた一場の喜劇になるのであった。

それらの名前の幾つかは、後年、特に思い出そうとしなくても、途切れ途切れの合唱となって脳裡に甦って来た。「……エインズワース、アトウッド、エイヴォンモア、バブコック、バッグズ、バーナード、バセンスウェイト、バターズビー、ベックルズ、ベッドフォード＝マーシャル、ベントリー、ベスト……」

或はまた――

「……アンズリー、ヴェイルズ、ウォダム、ワグスターフ、ウォリントン、ウォーターズその一、ウォーターズその二、ウォトリング、ウェイヴニー、ウェッブ……」

さらにもう一つは、よく四年級のラテン語の授業でも云ったように、六歩格(二九)の見事な一例を成していた――

「……ランカスター、ラットン、レメア、リットン＝ボズワース、マクゴウニガル、マンスフィールド……」

これらの生徒達はみなどこへ行ってしまったのか――チップスはしばしば考えた――かつては自分が一つに束ねていたあの幾筋もの糸は、どこまで伸びて行って散り散りになってしまったのか、或るものは千切《ちぎ》れて、或るものは未知の模様に織込まれて？　この世の不思議な気紛れ――その気紛れゆえに、この世が続く限り、あの名前の合唱が再び意味を持つことはないのだと思うと、チップスは何だか誑《たぶら》かされたような気にもなるのであった。

それから、ちょうど霧が晴れると一つの山の背後にまた別の山が見えるように、チップスはブルックフィールドの背後に変化と闘争の世界を見ていた。そしてそれをチップスは、自ら気附いている以上に、今は亡きキャシーの眼で見ていた。キャシーはその精神のすべてをチップスに遺して行くことは出来なかった。ましてやその知的な閃《ひらめ》きに至ってはなおさらであった。その替りチップス自身の内的な感情とよく調和する冷静な、片寄らない心を遺して行ってくれた。例えば、その頃ボーア人(二〇)に対する苛烈《かれつ》な主戦論が一世を風靡《ふうび》していたが、それに同調しなかったのは、いかにもチップスらしかった。そうかと云ってチップスはボーア人贔屓《びいき》だった訳ではない――そのためにはあまりにも伝統派であり、実際、親ボーア派を自認するような人達は嫌いであった。それでいながら、チップスの心にはときどきこんな思いが過《よぎ》ったのである――ボーア人の従事している戦いは、英国史の本に出て来る或る種の英雄達の戦い、例えばヘリワード・ザ・ウェイク(二一)やカラクタカス(二二)の闘いに妙に似たところがある。チップスは一度この話を持出して五年級の生徒達を驚かしてみようとしたことがあった。しかし生徒達はチップス一流のちょっとした冗談の一つと受取っただけであった。

チップスはボーア人問題に関しては異端派であったかも知れないが、ミスター・ロイド・ジョージとその有名な予算案(二三)に関しては正統派であった。チップスはその人も予算案もどちらも気に入らなかった。それで、後年、ロイド・ジョージがブルックフィールドの卒業式に来賓《らいひん》としてやって来たとき、チップスは紹介されて云った――「ミスター・ロイド・ジョージ、私はもういい齢でしてな――ああ――あなたの若い頃をよく憶えとりますが――ああ――正直申して、あなたも――ああ――大分――ああ――成長なすったようだ。」一緒に立っていた校長は肝《きも》を潰《つぶ》して蒼くなったが、当のロイド・ジョージは大笑いしただけで、あとに続いた式のあいだぢゅう、ほかの誰よりもチップスに一番話し掛けていた。

「いかにもチップスらしいや」とあとで誰かが云った。「あれで通っちゃうんだからな。どうもあのぐらいの齢になると、誰に何を云っても許されるらしい……」

＋

一九〇〇年、ウェザビーの跡を継いで三十年間校長の職にあった老メルドラムが、突然肺炎で亡くなった。そこで後任が決るまでのあいだ、チップスはブルックフィールドの校長代理になった。このとき、理事会がチップスを正式の校長にするかも知れない可能性も、ごく僅《わず》かながらない訳ではなかった。しかし最終的に理事会が三十七歳の若い校長を任命したとき、チップスは別に落胆もしなかった。この新しい校長は、大学時代には学業、運動ともにずば抜けて優秀だった男で、片方の眉をちょっと吊上げただけで大教室に居並ぶ生徒達を黙らせることの出来るような人物であった。チップスはこの種の人間にはとても太刀打ち出来なかった。これまでもそうだったし、これからもそうだろう。それは自分でも判っていた。チップスはもっとずっと穏やかな人間であり、そんな獰猛《どうもう》な動物のように

十

は出来ていなかった。

チップスが退職したのは一九一三年であったが、その直前の数年間にあったいろいろな出来事は今でも絵のようにはっきりと憶えていた。

或る五月の朝——異例の時刻に学校の鐘が鳴り渡った。全校生徒が大教室に集合するべく呼出された。新校長のロールストンは殊《こと》さらに重重しく勿体をつけて、次に自分の口から出る言葉に相応しい、悲痛な厳しい面持で一同を見据えた。「諸君も深く悲しまれることと思うが、国王エドワード七世（三四）陛下におかせられては、今《け》朝《さ》方崩御《がたほうぎょ》あそばされた。……今日の午後は臨時休校とする。ただし四時半から礼拝堂にて礼拝式を執《と》り行う。」

或る夏の朝、ブルックフィールド近くの鉄道線路でのこと。鉄道員はストライキの最中で、兵士達が機関車を運転していて、列車に向って石が投げられたりしていた。ブルックフィールドの生徒達は線路を巡廻していたが、その仕事をひどく面白がっていた。監督に当っていたチップスは、皆から少し離れ、或る小屋の戸口で一人の男と話をしていた。するとクリクレイド少年が近附いて来た。「あのう、先生、もしストライキをやっている人達に出会ったら、僕達どうするんですか?」

「君は会ってみたいかね?」

「ぼ、ぼく——判りません、先生。」

やれやれ、何てことだ——この子は、ストライキをやっている連中を動物園から逃出して来た奇妙な動物とでも思っているらしい。「それじゃ、ほら——ああ——こちらはジョウンズさんだ——今ストライキをやっている最中だ。勤務中は駅の信号所を受持ってくれている。君は自分の命を何度もこの人の手に預けているんだぞ。」

あとでこの話は学校中に弘《ひろ》まった。——チップスがね、ストライキをやってた男と話をしてたんだ。ストライキをやってた男とだぜ。どうもあの話しぶりだと、二人はひどく親しいのかも知れないぞ。

チップスはのちにこのことを何度も思い返し、そのたびに、最後には決って、キャシーならこのことを認めただろうし、面白がりもしただろうと思うのであった。

なぜなら、何が起ろうと、政治の道筋がいかに紆余曲折《うよきょくせつ》しようと、チップスは常にイギ

十

リスを、イギリス人を、そしてブルックフィールドを信じていたからである。チップスの信じるところでは、ブルックフィールドは一つの場所であって、その究極の価値は、その場所が威厳と均衡《きんこう》を失わずにイギリス的な場面情景と調和を保ち得るか否《いな》かに掛っていた。チップスには年ごとにますますはっきりして来る一つの思いがあった。それは、イギリスも安楽な時代がいよいよ終に近附いていて、国民は何やら狭い水路に船を乗入れつつあり、ごく僅かの過《あやま》ちでも破局的なことになりかねないと云う思いであった。チップスはヴィクトリア女王の即位六十年記念祭《ダイアモンド・ジュビリー》を憶えていた。その日はブルックフィールドも終日休校だったので、祝賀行列を見にキャシーをロンドンへ連れて行った。かの年老いた、伝説的な貴婦人は、今にも崩れ落ちそうな木彫りの人形のように馬車の中に坐っておられたが、自分同様終焉《しゅうえん》に近附きつつある多くのものを象徴していてひどく印象的であった。あれはただの一世紀に過ぎなかったのか、それとも比類のない、特別な一時代だったのか？

　そのあとに続いたのがあの気狂い染《じ》みたエドワード朝の十年であったが、それはまるで電燈が燃尽きる前にひときわ明るく白く輝くのに似た時代であった。

労働者によるストライキと工場主によるロックアウト、シャムペイン附きの贅沢な夜食と示威《デモ》行進する失業者達、支那人苦力《クーリー》の労働力問題(三五)、関税改革(三六)、弩級《どきゅう》戦艦ドレッドノート号(三七)、マルコーニの無線電信(三八)、アイルランド自治問題(三九)、クリッペン医師事件(四〇)、婦人参政権を唱える婦人達、チャターリャ戦線(四一)……

　或る四月の夕方――風の強い、雨降りの日であった。四年級の教室でウェルギリウスの訳読をやっていたが、あまりすらすらと進まなかった。新聞に大変なニュースが出ていたからである。とりわけグレイソン少年は心ここにあらず、そのニュースのことで頭が一杯であった。物静かな、感じ易い生徒だった。

「グレイソン、ちょっと――ああ――あとに残りなさい。」

　それから――

「グレイソン、私も君には――ああ――厳しいことは、云いたくない――君はいつもはちゃんと――ああ――勉強しているんだからな。だが今日は――全然――ああ――身が入っていなかったぞ。どうかしたのかね？」

「い、いいえ、先生。」

「なら——ああ——これ以上はもう云わないが——ああ——この次は、もっとちゃんとやるんだぞ。」

翌朝、グレイソンの父親がタイタニック号(四二)に乗っていて、その生死についてはまだ何のニュースも伝わっていないと云う噂で学校中は持切りであった。

グレイソンは授業に出なくてもいいことになった。終日、全校生がグレイソンの不安な気持に同情を寄せた。やがてグレイソンの父親は救助された人達の中に入っていたと云う知らせが届いた。

チップスは少年と握手を交した。「いやあ——ああ——よかったな、グレイソン。めでたしめでたしだ。これで君も一安心だな。」

「は、はい、先生。」

物静かな、感じ易い生徒だった。結局チップスは、この息子のグレイソンに対してではなく、父親の方に、後日悔みを述べねばならぬ運命にあったのだ。

十

十一

それからロールストンとの諍《いさか》いがあった。奇妙なことに、チップスはどうしてもこの男が好きになれなかった。ロールストンは有能な、毅然《きぜん》とした野心家であったが、どう云う訳かあまり人好きがしなかった。この男のおかげでブルックフィールドの学校の格が上ったことは誰もが認めるところであり、現に入学志願者がやや多めに集ったのも、記憶にある限りでは初めてのことであった。ロールストンは遣《や》り手、云うならば性能のいい送電機のような男であった。しかしこの男にはどうも油断がならなかった。

しかしチップスはこの男に用心しようなどと心を煩《わずら》わしたことはなかった。その人柄には何の魅力も覚えなかったが、至って快く、誠実に仕えていた。と云うよりもむしろ、チップスとしてはブルックフィールドに仕えているつもりであった。チップスにはロールストンの方でも自分に好意を持っていないことが判っていた。しかしそんなことは別に大したこととは思えなかった。自分は老齢でもあり、年功も積んでいるのであるから、ロールストンに嫌われる破目になったほかの教師達と同じ運命を辿るようなことはない筈だと云う気持であった。

ところが、一九〇八年、チップスがちょうど六十歳になったとき、突然ロールストンから鄭重な最後通牒《つうちよう》が発せられたのである。「チッピング先生、先生は退職したいとお考えになったことはおありですか?」

チップスはその質問に驚き、何だってロールストンはそんなことを訊《き》かねばならぬのかと怪訝《けげん》に思いながら、ぎっしりと本の詰った校長室を見廻した。そして、やっと答えた――「いや――ああ――そう云うことを考えたことは――ああ――あまりありませんな――ああ――まだね。」

「それでは、チッピング先生、このことを一つ考えて頂きたい。勿論、理事会は先生に妥当な年金を支払うことに同意する筈です。」

十一

急にチップスは腹が立った。「だが——ああ——私は、辞めたくない。そんなことは——ああ——考えるまでもない。」

「ですが、そこを一つ是非《ぜひ》考えて頂きたいのです。」

「だが——ああ——判らん——なぜ——この私が！」

「そうなると、事態は少し面倒なことになりますな。」

「面倒？　なぜ——なぜ面倒なことに？」

そこで二人の諍いが始ったのだが、ロールストンはますます冷やかで頑《かたく》なになり、チップスはますますかっかと感情的になった。到頭ロールストンが冷酷な口調でこう云った——「チッピング先生、どうもあなたにははっきり云わないと通じないようだから、はっきりと云いましょう。もう大分前から、あなたは御自分の職責を果しておられない。教え方はいい加減でしかも旧式だし、身なりだってだらしがない。しかも私の指図はこれを無視して憚《はばか》らず、もしこれが若い先生だったら、あからさまな服務違反と見做《みな》すところです。こんなことでは駄目です、チッピング先生。私は今までずっと我慢して来ましたが、それはこの私に忍耐心があったればこそです。」

「しかし――」とチップスは云い掛けたが、すっかり当惑してしまった。そこで、このとんでもない非難攻撃から幾つかの言葉を別別に取上げた。「だらしがない――ああ――そう仰有いましたな?」

「いかにも――あなたが着ているガウンを御覧なさい。あなたのそのガウンは学校中で絶えず物笑いの種になっていると云うではありませんか。」

チップスもそれは知っていた。しかしそんなことは別に遺憾なこととも思えなかった。

チップスは続けて云った――「それから――ああ――服務違反がどうとかとも――仰有いましたな?」

「いや、そうは云ってない。これが若い先生だったらそう見做したろうと云ったまでです。あなたの場合は多分にいい加減と頑固が混り合って一つになったものでしょう。例えば、このラテン語の発音の問題にしても――私は何年も前に本校では新式を採用してもらいたいと申し上げた筈です。ほかの先生方は私の云うとおりにして下さったが、あなたは未だに自己流の旧《ふる》い方式を捨てたがらない。その結果はと云えば、ただ混乱と非能率を招いただけではないですか。」

やっとチップスは相手と渉《わた》り合える具体的な手掛りを得た。「ああ、そのことですか?」とチップスは蔑《さげす》むような口調で答えた。「そりゃあ、私は——ああ——私が新式の発音に従っていないことは認めます。私は絶対に従いません。私に云わせりゃ——ああ——実に馬鹿げている。生徒達は卒業すれば死ぬまで『シセロ』と云うのに——仮にああ——口にすることがあればだが——それを学校では『キケロ』と云わせる。『ヴィシシム』と云わせないで——いやはや、何てこった——『ウィ・キス・ィム』と云わせる。彼にキスしてどうするんです、ええ?」チップスは自分がいつもの自分の教室ではなく、ロールストンの部屋にいることを忘れて、暫くくすくす笑っていた。

「さあ、そこですよ、チッピング先生——まさにそう云うところが私には不満なんです。あなたの意見と私の意見は全然嚙《かみ》合《あ》わない。しかもあなたは折れようとなさらないのだから、あなたに辞めて頂くほかに採《と》り得る道はないではないですか。私はブルックフィール

十一

ドを徹底的に最尖端の学校にするつもりでいます。私自身は科学畑の人間ですが、だからと云って、何も古典教育に反対な訳ではない――ただしそれが効率よく教えられるならばです。対象が死語だからと云って、死んだような教え方をしていい理由にはなりません。チッピング先生、先生のラテン語とギリシア語の授業は、今でも私が十年前にここに来たときとまったく同じだと云うではありませんか？」

チップスは悠然《ゆうぜん》と誇らしげに答えた――「そのことなら――ああ――あなたの前任者のメルドラム校長がここに来られたとき以来、まったく変っていない――ああ――三十八年になるかな。私達が、メルドラム校長と私が、ここに赴任して来たのは――ああ――一八七〇年だった。そして私の指導案を最初に認めて下さったのは――ああ――メルドラムの前任者の、ウェザビー校長だった。『あなたには四年級のシセロをやってもらいましょう』と仰有った。いいですか、シセロですよ――キケロなんて云われなかった！」

「たいへん面白いお話です、チッピング先生。だがそのお話は、またしても私の主張を裏附けてくれるものです――先生はあまりにも過去に生きておられるのです、現在と未来に充分に生きているとは云えない。時代は変っているんです、先生がそのことに気附かれようと気附かれまいと。昨今の父兄は自分達が払う三年分の学費に対して、誰も口にしない言葉の切れはし以上のものを求め始めているのです。それに、先生が受持っている生徒達は当然覚えなくてはならないことも覚えていない。昨年度は下級検定試験に一人も合格者が出なかったではないですか。」

するど突然、あまりにもさまざまな思いが同時にどっと押寄せて来たので、言葉にならず、チップスは心の中で自《みずか》らに答えた。そんな試験だとか検定だとか――そんなものが何だと云うのか？　効率だの最尖端だの――そんなものもどうでもいいことじゃないか？　ロールストンはブルックフィールドを工場のように経営して、金と機械に支えられた俗物文化を生産しようとしているのだ。家柄と広い領地からなる昔ながらの紳士的な伝統は確かに変りつつある。これは時の流れだから致し方のないことだ。しかしその伝統の幅を拡げて公爵から清掃夫までを包括《ほうかつ》する真の民主主義を作るのでなく、ロールストンはその幅を狭めて多額の銀行預金口座一本槍《やり》で行こうと云うのだ。未だかつてブルックフィールド

十一

にこれほど多くの金持の子弟が集ったことはない。卒業式の園遊会などまるでアスコット競馬場（四三）さながらの華やかさだ。ロールストンはロンドンのあちこちのクラブでこう云う金持連中に会っては、ブルックフィールドこそこれからの学校だと連中を説伏《ときふ》せている。そう云う連中はイートンやハロウには金で入学と云う訳には行かないので、この餌《えさ》を貪欲《どんよく》に呑込《のみこ》むのだ。勿論みんながみんなとは云わないが、中には恐しい連中がいる。融資業者とか起業家とかいかがわしい製薬業者とか。そう云う連中の中には息子に週五ポンドもの小《こ》遣《づかい》を与えている者もいるのだ。俗悪で……これ見よがしで……みな時代の浮ついた腐敗堕落ぶりの現れだ……　何かと云うとすぐに切れ、ユーモアのセンスもバランス感覚もまるで持合せていない――それがそう云う連中の困ったところだ、そう云う成上り連中の……バランス感覚の欠如《けつじょ》、つまりは良識が欠けているのだ。ブルックフィールドが教えなければならないのは、何にも増してこのバランス感覚、良識ではないか――それに較べりゃ、ラテン語もギリシア語も化学も機械学もそれほど重要なものではない。それにこのバランス感覚や良識は、試験問題を課したり、合格証書を与えたりしたところで、そんなもので判断の仕様がないじゃないか……

このような思いが、一瞬、抗議と憤りに捉えられた心を過《よぎ》ったが、チップスは一言も口に出さなかった。ただよれよれのガウンを搔合《かきあわ》せて、「ああ――ああ」と云いながら扉口《とぐち》の方へ二、三歩歩み去っただけであった。もう議論は沢山であった。扉口のところでチップスは振返って云った――「私は――ああ――辞めるつもりはありません――あなたは――ああ――どうぞ好きなようになさったらいい！」

四半世紀を冷静に眺め渡しながらこの場面を振返ってみると、チップスは内心、ロールストンに対して多少気の毒だったような気もしないではなかった。ロールストンは実際自分の相手にしている力がまるで判っていなかったのだと思うと、とりわけその気持が強かった。その力が判っていなかったと云う点では、チップス自身も同じことであった。二人ともブルックフィールドの伝統の強さを、伝統と伝統の擁護者をいつでも守ろうとするこの学校の気風を、正しく評価していなかった。と云うのも、まったく偶然のことながら、その朝、或る低学年の生徒がロールストンとの面会を待っていて、この会見の一部始終を

十一

扉の外で聞いていたのである。その生徒が吃驚仰天《びっくりぎょうてん》したのは云うまでもない、すぐさま友達に話した。するとそのうちの何人かが驚くほど短時間のうちに父兄に報告したので、ロールストンがチップスを侮辱してその辞職を求めたことが、忽《たちま》ちのうちに皆の知るところとなった。その結果はと云うと、驚いたことに、チップスに対する同情と支持の声が澎湃《ほうはい》として沸起《わきおこ》ったのである。それはチップスがいくら荒唐《こうとう》無稽《むけい》な夢を見たところで夢想だにしなかったようなものであった。チップスはロールストンがまったく人気のないのを知って、むしろ唖然《あぜん》とした。恐れられ、敬意は払われていたが、好かれてはいなかったのだ。そしてこのチップスの問題で、その好きになれない気持が一段と高まって、恐怖に打勝ち、敬意すら覆《くつがえ》してしまった。もしロールストンがチップスを追出すようなことがあるなら、学校中に暴動のようなものが起るだろうと云う声さえ聞かれた。教師達も、その多くは若手の教師達で、チップスが旧式でどうしようもないことには意見の一致を見ていたが、それでもチップスのまわりに集って来た。みなロールストンの自分達を奴隷のように扱うやり方を憎み、この古参兵のうちに恰好《かっこう》の闘士を見出したからであった。そして或る日、理事長のサー・ジョン・リヴァーズがブルックフィールドにやって来ると、ロールストンを無視して直接チップスのところへ赴《おもむ》いた。「いい奴だったな、リヴァーズは」とチップスは、この話をもう十回以上ウィケット夫人に話していたが、そのたびに云うのであった。「教室では——ああ——あんまり切れる生徒じゃなかったが——ラテン語の動詞を——ああ——どうしてもものにすることが出来なかった。それがどうです——ああ——新聞で見たが——ああ——准男爵になったんだ。それで判るでしょう——ああ——いい奴だと云うことがね——よく判るでしょう。」

一九〇八年のその日の朝、サー・ジョンはチップスの腕を取り、誰もいないクリケット場のピッチのまわりを歩きながら云った——「チップスさん、あなた、ロールストンとどえらい喧嘩をなさっていると云うじゃありませんか。あなたのことを思うと、そんな話を聞くのは残念で仕方がない——ただあなたに知っといてもらいたいのは、理事会は最後の一人まであなたの身方だと云うことです。我我はあの男にあまり好意を持っておらんのです。利口と云うのか何と云うのか、まあ、少し利口すぎるんですな。本人は株に手を出して学校の基金を倍にしたと公言している――まあ、そうかも知らんが、ああ云う男はどうも眼が離せない。そこで、もしあの男があなたに対して職権を濫用《らんよう》し始めたら、構わないから、どうぞ地獄へでもいらっしゃいと鄭重に云っといて下さい。理事会はあなたに辞めてもらおうとは思っていません。あなたがいなくなったら、ブルックフィールドはブルックフィールドでなくなります。みな判っているんです。誰もが承知していることですよ。あなたにそうなさりたい気がおありなら、あなたは百まででもここにいて下さって結構なんです――実際そうしてもらえることが我我の望みなんですから。」

この言葉に、そのときチップスは感極まって泣き出したが、その後このことを人に話して聞かせるときでも、話がここまで来ると、しばしば胸が一杯になった。

十一

十二

そんな訳でチップスはブルックフィールドに留まり、ロールストンとは出来るだけ関わりを持たないようにした。一九一一年、ロールストンはブルックフィールドを去って、「栄転」することになった。もっと高名なパブリック・スクールの一つに校長の地位を得たのである。後任はチャタリスと云う男で、この男とはチップスは馬が合った。チャタリスはロールストンが赴任して来たときよりもさらに若く——三十四歳であった。どうやらたいへん優秀な人物らしかった。とにかく、今風で（ケンブリッジでは自然科学の優等生であった）、愛想がよく、思い遣りがあった。チップスがブルックフィールドの名物教師であることを知ると、賢明にも鄭重にチップスのその立場を認めたのである。

一九一三年にチップスは気管支炎を患い、冬の学期の大半を休んでしまった。そのこと

十二

がきっかけとなって、チップスは六十五歳になるその年の夏に退職しようと決心した。結局は、もうかなりいい齢であったし、それにロールストンのあからさまな言葉もいろんな点で胸に徹《こた》えていた。自分の職務がまともに果せないのに職にしがみついているのは、確かに公正ではないだろう。と云って、完全に縁を切ってしまいたくはなかった。チップスは、学校から路一つ隔てたウィケット夫人の家に下宿することにした。ウィケット夫人はかつて学校の洗濯室で働いていたこともある出来たひとだ。あそこなら、いつでも気が向いたときに学校へ出掛けて来られるし、或る意味では、まだ完全に学校を辞めたことにはならないだろう。

一九一三年七月の学年度末の晩餐会で、チップスは送別の贈物を受け、一場の挨拶をした。それはさほど長い挨拶ではなかったが、面白い洒落や冗談が次つぎと飛出したので、笑いに進行が妨げられ、どうやら予定していたよりも二倍ほど長くなってしまった。ラテン語の引用が幾つかあったが、それだけでなく、生徒総代の挨拶にも触れ、生徒総代はチップスのブルックフィールドに対する貢献について語る際に誇張の罪を犯した、と云った。

「尤も──ああ──彼の誇張癖は──ああ──血筋でしてな。今でも──ああ──憶えているが──一度──そのことで彼の父親に笞《むち》を呉れねばならなかった。（笑い。）私はラテン語の翻訳の試験で彼の父親に──ああ──一点をやった。ところが奴さん、その一点に手を加えて──ああ──七点に誇張しおったのだ！」大爆笑、そしてやんやの大喝采《かっさい》！

いかにもチップスらしい挨拶だ、と誰もが思った。

それからチップスは、自分はブルックフィールドに四十二年間いたが、その間たいへん幸せだった、と云った。そして「それは私の人生でした」と飾らずに云った。「オー・ミイー・プレテリトス・レフェラト・スィー・ユピター・アノス……（四四）ああ──勿論──訳す必要はありませんな……」（哄笑。）「ブルックフィールドにも多くの変化がありました。いろんなことを憶えています──ああ──初めて自転車を見たときのことも憶えている。瓦斯燈《ガスとう》も電燈もまだなくて、点灯夫と呼ばれる用務員を一人置いていた頃のことも憶えています──その人は学校中のランプが受持ちで、掃除をしたり、芯を切揃《きりそろ》えたり、火を灯《とも》したり、それしかやらない。また、冬の学期に厳しい寒さが七週間も続いたことがあって

──そのときは霜が降りて運動場が使えないものだから、全校こぞって沼地へ行ってスケイトを習ったものです。あれは確か、千八百八十何年かだった。風疹が流行《はや》って全校生の三分の二がやられ、急遽《きゅうきょ》、大教室が病棟になったこともありました。マフェキング(四五)が解放された日の夜、大きな篝火《かがりび》を焚《た》いたことも忘れ難い思い出です。焚いた場所があまりにもクリケット場の観覧席に近すぎたので、消防隊を呼んで消してもらわなければならなかった。ところが消防士達も消防士達で祝賀会をやっていたものだから、奴さん達の大半は──ああ──遺憾な状態にあって、使いものにならない。(笑い。)ブルール夫人のこともよく憶えています──今でも校内売店に夫人の写真が飾ってあるが──夫人はオーストラリアの叔父さんが大金を遺してくれるまで、あそこで働いていたんです。実際、いろんな思い出があります。あんまりいろんな思い出があるので、これは一冊、本を書くべきかなと思うこともよくあります。ところで、本を書くとしたらどんな題がいいか?『釣竿《ロッド》と釣糸《ラインズ》の思い出(四六)』と云うのはどうだろう?(喝采と笑い。こいつはいい、チップスの傑作の一つだ、とみんなが思った。)まあ、まあ、多分、何れ書きましょう。だが、本当は、直接口で話す方がいい。とにかく、あれや、これや、いろんな思い出がありますが……しかし何と云っても私が一番よく憶えているのは、諸君の顔です。これだけは決して忘れない。私の頭の中には何千もの顔がありますーーみんな少年の顔です。これから何年か経って諸君が再び私に会いに来られればーー是非そうして頂きたいものだがーー私は諸君の大人になった顔から昔の顔を思い出そうとするでしょう。だがもしかすると思い出せないかも知れないーーそこで、いつかどこかで諸君が私に会っても、私には諸君の顔が判らないーーすると諸君は内心こう思う訳だーー『あの爺さん、俺のことを忘れやがった。』（笑い。）でも私はちゃんと憶えているんですーー諸君の今の顔をね。そこが肝腎なところです。私の頭の中では諸君は決して年を取らない。決して。例えば、ときどき誰かが私に向って我等が尊敬すべき理事長殿のことを話題にするーーするといつも私は内心こう思うーー『ああ、そうそう、いつも髪の毛をぴんと突っ立てておった陽気な坊やねーーあの坊やは動名詞《ジェランド》と動形容詞《ジェランデイヴ》の違いがどうしても解らなかったっけ。』（爆笑。）まあ、まあ、もう止めましょうーーこんな調子で話していたらーーああーー夜が明けてしまう。諸君もときどきは私のことを思い出して下さい、私も諸君のことは決して忘れませんから。『ハス・オウリム・メミニッセ・ジューヴァビト（四七）』……これも、訳す必要はありませんな……」（哄笑と歓声と鳴り止まぬ拍手。）

十二

一九一三年、八月。チップスは静養のためにドイツのヴィースバーデンに出掛け、ブルックフィールドでドイツ語を教えているヘル・シュテーフェルの生家に部屋を借りた。チップスはこの人と親しくしていた。シュテーフェルはチップスより三十歳年下であったが、二人はたいそう気が合ったのである。九月になって新学期が始ると、チップスは帰国して、ウィケット夫人の家に居を定めた。休暇のおかげで、大分元気になり、体調もよくなったように思われ、これなら退職しなくてもよかったと思ったほどであった。しかし、やることはいくらでもあった。新入生を全員お茶に招んだし、ブルックフィールドの運動場で行われる重要な試合は全部観たし、一学期のうちに校長と一度、ほかの先生方とも一度、食事を共にした。ブルックフィールド校友会名簿の新版のための準備と編輯《へんしゅう》の仕事も引受けた。同窓生クラブの会長の役も引受け、晩餐会に出るためにロンドンまで出掛けて行った。

ときには、洒落やラテン語の引用たっぷりの記事を書いて、ブルックフィールドの定期刊行雑誌に載せることもあった。お気に入りのタイムズ紙を毎朝、それも隅から隅まで丁寧に読み、探偵小説も読み始めた——初めてシャーロック・ホウムズの冒険にスリルを覚えて以来、探偵小説が手離せなくなったのだ。確かに、チップスはたいへん忙しかった、そしてたいへん幸せでもあった。

一年後の一九一四年、チップスは再び学年度末の晩餐会に主席した。話題の多くは戦争のことであった——アルスターの内戦(四八)のこと、それからオーストリアとセルビアのあいだの厄介な問題(四九)のこと。翌日ドイツへ帰ることになっていたヘル・シュテーフェルは、自分はバルカン問題は大したことにはならないだろうと思っている、とチップスに語った。

十三

戦時下の数年。

最初の衝撃、それから当初の楽観論。英仏聯合《れんごう》軍によるマルヌ河畔の反撃戦（五〇）、ロシア同盟軍のまるで地均機《ぢならしき》を想わせる圧倒的な勢い、キッチナー元帥（五一）の登場。

「先生は、この戦争、長引くとお思いですか？」

チップスは、当季最初の練習試合を観ていたとき、一人の生徒からそう訊かれて、至って楽観的な返辞をした。チップスは他の何千もの人達同様、度し難いほどに予測を誤っていた。しかし、他の何千もの人達と違って、のちになってもその事実を隠さなかった。

「まあ——ああ——クリスマスまでには——ああ——片が附いているだろう。ドイツ軍はもう既に負け戦《いくさ》に入っている。でもなぜだね、フォレスター？　君は——ああ——入隊しようと——思っているの？」
　これは冗談のつもりであった——それと云うのも、フォレスターはブルックフィールド開校以来最も小柄な新入生で——泥だらけの蹴球靴を履いても背丈が四フィートぐらいしかなかったからである。（しかし、あとになって考えてみると、あながち冗談とも云えなかった。フォレスターは一九一八年——カンブレー（五二）の上空で撃墜されて炎に包まれ、戦死したからである。）しかし誰も先のことは判らなかった。九月——ブルックフィールドの卒業生に最初の戦死者が出たとき、誰もが悲劇的な感情に捉えられたようであった。そのニュースが伝わったとき、チップスは思った——百年前、この学校の卒業生はフランス軍を相手に戦っていたのだ。或る世代の犠牲が別の世代の犠牲をこうやって帳消しにしてしまうと云うのは、何だか妙だな。チップスはこのことを、校長公舎寮の生徒委員長をしているブレイズに話してみた。しかし十八歳で、既に士官候補生になるべく訓練を受けていたブレイズは、ただ笑っただけであった。何れにせよ、そんな歴史の戯言《たわごと》とこれと、どんな関係があると云うのか？　例のチップス老人お得意の風変りな思い附きの一つ、それだけのことだ。

一九一五年。戦線は北海沿岸からスイスまで伸び、両軍はがっぷり四つに組んだまま一進一退を繰返していた。ダーダネルズ海峡突破作戦。ガリポリ半島上陸作戦。(五三)ブルックフィールドのすぐ近くに幾つもの兵舎が建ち、兵士達は学校の運動場を使って軍事訓練を行っていた。ブルックフィールド士官養成隊も急速に発展しつつあった。教師達も若手の大半は既に出征《しゅっせい》するか入隊するかしていた。毎週日曜日の夜、校長のチャタリスは礼拝堂で、夕方の礼拝が終ったあと、戦死した卒業生の名前を短い経歴を添えて読上げた。万感《ばんかん》胸に迫るものがあった。しかしチップスは、うしろの、二階席の下の席にいて、思った——これらの名前もチャタリスにとってはただの名前に過ぎない、私のように顔を知っている訳ではないのだ……

一九一六年。ソンム河畔の大会戦(五四)。或る日曜日の夕方、二十三人の名前が読上げられた。

その大激戦のあった七月の月末《つきずえ》の或る午後、チャタリスがウィケット夫人の家へチップスを訪ねて来て話をした。チャタリスは心身ともに大分過労気味で、ひどく顔色が悪かった。「実を申しますとね、チッピング先生、私はこのところどうも気持が落着かないんです。御存知のとおり、私は三十九歳で、まだ独身です。それで、どうも皆さん、私が義務を果していないと考えているようなのです。それに、生憎と私は糖尿病でしてね、こればかりはどんな藪医者だって見逃しはしません。そうかと云って、家の戸口に医者の診断書を貼っとく訳にも行きませんしね。」

これはチップスにとって初耳であった。チップスはチャタリスが好きだったから、話を聞いて胸に痛みを覚えた。

チャタリスは話を続けた——「御承知のように——ロールストンのおかげでこの学校の先生方の多くは若い先生方です。勿論、皆さんたいへん優秀な方ですが——ただ、今やその大半が入隊してしまいました。それで代用教師達が来ている訳ですが、これが概してどうもとんでもない連中なんです。先週の夜も、自習時間中に寄ってたかって一人の男の襟《えり》首《くび》にインクを流し込んだりして——馬鹿なことをやったもんです——気狂い染みています。私は自分でも授業を受持ち、そう云う馬鹿者どもの代りに自習時間の監督もし、毎晩真夜中まで働かなければならない。しかもなおその上に、兵役忌避者《へいえききひしゃ》として冷やかな眼で見られなければならないんです。もうこれ以上堪《た》えられそうもありません。来学期になっても事態が好転しなければ、私は参ってしまいます。」

「それはほんとにお気の毒なことだ」とチップスは心底同情して云った。

「あなたなら解って下さると思っていました。そこでお言葉に甘えて率直に申し上げますが、実は今日こちらに伺ったのは、あなたにお願いしたいことがあったからなのです。手短に云いますと、こう云うことです――もしあなたがやれるとお感じになり、やってもいいと云うことでしたら――どうでしょう、暫くのあいだ学校へ戻っては頂けないでしょうか？　拝見したところお元気そうですし、それに、勿論、あなたは学校の内部事情に明るくていらっしゃる。そんなに面倒な仕事をやって頂くつもりはないんです――何でも気楽にやって頂いて結構なんで――あちこちのちょっとした仕事を気の向くままにやって頂ければ、それでいいのです。是非ともあなたに戻って頂きたいのは、何も実際に仕事をして頂きたいからではなくて――勿論、そうして頂ければ、それはそれでたいへん有難いですけれど――それよりもほかの面であなたに助けて頂きたいからなのです――つまりあなたが学校にいて下さると云うこと、それだけで有難いのです。あなたほど人気のある先生はいませんでしたし、今でもそうです――皆がばらばらになる危険が生じても、あなたなら纏《まと》め役になって頂けるでしょう。それにどうやら現にその危険がないとは云えないのです……」

チップスは、息を弾《はず》ませ、何やら神聖な喜びを覚えながら答えた――「戻りましょう……」

十四

それでもチップスはウィケット夫人から借りている部屋を引払うことはせず、実際、相変らずそこで寝起きしていた。しかし毎朝、十時半頃になると、上衣を着、襟巻をして、路を横切って学校へ行った。至って体調もよく、実際の仕事も苦にならなかった。ラテン語とローマ史の授業をほんの数クラス分――授業は旧式――発音も旧式であった。カヌレイア法では相変らずの洒落が出た――それを聞いたことのない新しい世代が入学していたから、洒落は大成功で、本人はひどく御満悦であった。何やら演藝場の人気役者が一旦引退興行をやったあとでまた舞台に戻って来たような、多少そんな気分であった。

生徒達は、チップスが瞬《またた》く間に生徒全員の名前と顔を覚えてしまうことに感嘆の声を上げた。しかしチップスが路一つ隔てた所からどれだけ親密な接触を保っていたかには、思いが及ばなかった。

チップスの復帰はまさに大成功であった。何となくひょんなことから学校の手助けをすることになったのだが、そのことは誰もが承知し、感じ取っていた。チップスは生れて初めて、自分が無くてはならぬ存在であることを——それも自分の心の一番近くにあるものにとって、無くてはならぬ存在であることを、感じた。世にこれほど崇高な感情があろうか。チップスはついにその感情を我物《わがもの》としたのである。

チップスの洒落や冗談には新作も加わった——士官養成隊について、食糧配給制度について、すべての窓に取附けなければならない防空用暗幕について。月曜日の学校の献立に何やら不可思議な味のする肉団子のようなものが現れ始めたとき、チップスはそれを「アブホレンダム」と呼んだ——英語の「アブホア」つまり「忌《い》み嫌う」をラテン語めかしたもので、「憎《にく》たらしい肉」と云う意味であった。この話はみんなに伝わった——ねえ、ねえ、チップスの最新作、聞いた?

一七年の冬、チャタリスが病気で倒れた。チップスは再びブルックフィールドの校長代理になった。校長代理はこれで二度目であった。四月になって、チャタリスは亡くなった。理事会はチップスに「当分のあいだ」校長代理を続けてもらえるかどうか訊ねた。チップスは、理事会が公式の任命を控えてくれるなら続けてもいいと答えた。あの最後の栄誉がやっと手の届くところまで来たのに、チップスは本能的に尻込みした。自分はどう考えても正式の校長になる柄《がら》ではないと感じたのである。チップスはリヴァーズに云った——

「御覧のとおり、私はもう若くはない。あんまり——ああ——期待されても、困る。私は、目下《もっか》到る所でお眼に掛る、あの新米の大佐や少佐みたいなものでね——ほんの戦時下ゆえの紛《まぐ》れ当りさ。兵卒出の成上り将校、まあ、精精そんなところだな。」

一九一七年。一九一八年。チップスはこの間を無事に乗切った。毎朝校長室の机に向い、さまざまな問題に目を通して、苦情や要求を処理した。そこには、豊富な経験から来る、思い遣りのある穏やかな自信が滲《にじ》み出ていた。バランス感覚を保ち、良識を失わないこと、それが何よりも大切なことなのだ。世の中は今、多分にそれを失っている。だからこそそれを、良識の府であり、またそうであらねばならぬ場所に保つのはいいことなのだ。

日曜日に礼拝堂で痛ましい戦死者の名簿を読上げるのは、今やチップスであった。ときどき、声と表情から、チップスが名簿を読上げながら泣いているのが判った。まあ、仕方がないじゃないか、老人なんだから、と生徒達は云った。これがチップス以外の人だったら、生徒達は弱虫と云って軽蔑したかも知れなかった。

或る日チップスの手許《てもと》にスイスから一通の手紙が届いた。そこに住む友人達からのものであった。手紙は検閲《けんえつ》のあとがひどかったが、或る知らせを伝えていた。次の日曜日、いつものように戦死した卒業生の名前と経歴を読上げたあと、チップスは一瞬躊躇《ためら》ってから、附加えた——

「戦争前からここにおられる少数の人達は、ドイツ語を教えておられたマックス・シュテーフェル先生を憶えておられるでしょう。戦争が始ったとき、先生はドイツの郷里に里帰りしていました。本校では人気のある先生で、友人も沢山いました。先生を知っている方がたには悲しいことですが、先生は先週、西部戦線で戦死なさいました。」

チップスは話しおえて腰をおろしたとき、自分は何やら異例なことをやったと云う自覚から、幾分顔色が蒼褪《あおざ》めていた。何れにせよ、このことについては誰にも相談しなかったのだから、非難されるとすれば、自分だけが非難されれば済むことであった。式が終って礼拝堂の外に出たとき、誰かが議論しているのが聞えた——

「西部戦線でって、チップスは云ったよね。と云うことは、その人はドイツ軍のために戦っていたって云うことじゃないか?」

「だと思うよ。」

「だったら、ほかの名前と一緒に読上げるのは可怪《おか》しいじゃないか。だって要するに、その人は敵なんだから。」

「まあ、チップス一流の気紛れな思い附きの一つだろうよ。あの爺さん、まだまだいろいろと思い附くからな。」

チップスは自分の部屋に戻ってからも、この批評に悪い気はしなかった。そう、自分はまだまだ思い附くさ——今や半狂乱の世の中にあってますます失われつつある威厳と寛容を、しっかりと兼具《かねそな》えた思い附きをな。そしてチップスは思った——ブルックフィールドはそう云うこともこの私から学ぶだろう——ほかの者からではもう無理だろう。

一度、クリケット場の観覧席の近くで行われている銃剣術の稽古について意見を求められたとき、チップスは、しばしば生徒達の大袈裟な物真似の対象になっていた、例の懶《ものう》げな、幾分喘息《ぜんそく》気味の物云いで答えた——「どうもあれは——ああ——私には——ひどく下品な殺人方法に思われる。」

この話は口伝てに伝わり、皆を面白がらせた——何とチップスは陸軍省の誰やら偉い将校に向って、銃剣で戦うなぞ下品だと云ったそうだ。いかにもチップスらしいや。そこで皆はチップスに相応しい形容詞を見附けた——それはちょうどその頃使われ出した形容詞で、あの人は戦前派だ、と云うのであった。

十五

それから一度、或る満月の夜、チップスが四年下級のラテン語を教えているときに空襲警報の出たことがあった。殆ど間《ま》を措《お》かずに高射砲の音が聞え始めた。建物の外には炸裂《さくれつ》した砲弾の破片がばらばら落ちて来るので、チップスには校長公舎寮一階の今いる所から動かない方がいいように思われた。そこはかなり頑丈に造られていたし、防空壕としてはブルックフィールドのほかのどこよりも安全であった。それに直撃弾と云うことになれば、これはもう、どこにいても助かる見込みはなかった。

そこでチップスはラテン語の授業を続けることにして、響き渡る砲撃音と高射砲弾の鋭く唸《うな》る音に負けないように少し声を大きくした。生徒達の何人かは神経を尖《とが》らせており、勉強に集中出来る者は殆どいなかった。チップスは穏やかな口調で云った——「なあ、ロバートソン、おそらく君は今こう思っているだろう――世界の歴史に於けるこの特別な瞬間に――ああ――二千年も前にシーザーがガリア地方で何をどうしたと云うようなことは――ああ――大して重要なことじゃない――ましてや――ああ――『トルロ』と云う動詞が不規則活用をするなどと云うことは――ああ――それ以上にどうでもいいことだと。だがいいかな――ああ――ロバートソン――本当はそうじゃないんだぞ。」ちょうどそのとき、とりわけ大きな爆発音が鳴り響いた――すぐ近くであった。「物事の重要性は――ああ――その物事が出す音の大きさでは――ああ――判断出来ない。いや、本当にそうなのだ。」微かなくすくす笑いが起った。「そしてこう云う――ああ――何千年ものあいだ――ずっと大切な意味を持って来た物事は――どこやらの化け学屋風情《ばがくやふぜい》が――実験室で――新種の害悪を発明したからと云って――抹殺されるようなものではないんだ。」くっくっくっと云う忍び笑いが起った。それは、バロウと云う、蒼白くて痩せた、兵隊検査に不合格の科学教師が、化け学屋と云う渾名《あだな》だったからである。またもや爆発音が轟《とどろ》いた――先刻《さっき》よりももっと近かった。「さあ――ああ――授業に戻ろう。すぐに――ああ――中断され

「メイナードと云う、丸まると肥った、大胆で、利口で、生意気なところのある生徒が手を挙げた　――『先生、僕がやります。』」

るのが――運命だとしても――ああ――我我にとって本当に相応《ふさわ》しいことを――やっていようじゃないか。誰か訳をやる者はいないかね？」

メイナードと云う、丸まると肥った、大胆で、利口で、生意気なところのある生徒が手を挙げた――「先生、僕がやります。」

「よろしい。では四十頁を開けて、一番下の行から始め給え。」

依然として耳を聾《ろう》せんばかりの爆発音が続いていた。建物全体が土台から外れて持上ったかのように揺れた。メイナードは少し先の方の云われた頁を開くと、甲高い声で始めた――

「ゲヌス・ホック・エラト・プグナエ――これが戦い方であった――クォー・セー・ゲルマーニー・エクセルクエラント(五五)――ドイツ人が齷齪《あくせく》と従事したところの――あっ、先生、これはいい――これは、先生、ほんと、すごく面白い――これは先生の大傑作の一つでは――」

笑い声が起った。そこでチップスは云い添えた――「どうだね――ああ――今やっと

――分ったろう――こう云う死んだ言葉も――ああ――ときには――甦り得るものだと云うことが。どうだね？」

あとになって皆はブルックフィールドの校内と周辺に五発の爆弾が落ちたことを知った。その中で一番近いのは運動場のすぐ外側に落ちた奴であった。九人の死者が出ていた。

この話は次つぎと生徒達の口に上り、次第に潤色《じゅんしょく》されて行った。「あの爺さんと来たら、まったくへいちゃらなんだ。何やら古臭い文句を見附けて来てさ、今起っていることを説明するんだ。ドイツ人の戦い方について、何でもシーザーの中に出て来る言葉だった。シーザーの中にそんなものがあるなんて、誰も思わないよな？　それからあのときのチップスの笑い方……チップスの笑い方は君も知ってるだろう……笑いながら涙が止らないんだ……チップスがあんなに笑うのを見たのは初めてだ……」

チップスはもはや一つの伝説であった。

その古ぼけたよれよれのガウン、今にも躓《つまづ》いて転びそうな歩き方、鉄縁の眼鏡越しに覗く柔和な眼指《まなざし》、そして妙にユーモラスな物云い――ブルックフィールドはそう云うチップスの姿がほんの少しでも変ることを望まなかった。

一九一八年十一月十一日。

戦勝のニュースは朝のうちに伝わった。終日休校の告示がなされ、給食係に頼み込んで、戦時配給の食糧で可能な限り盛大な御馳走が用意された。食堂は、喝采《かっさい》を叫んだり、歌を歌ったり、パンを投合ったりのどんちゃん騒ぎであった。この喧噪《けんそう》のさなかにチップスが入って行くと、一瞬の静寂があり、やがて歓声の波が押寄せて来た。全員が勝利の象徴を視詰《みつ》めるかのように、熱を帯びた輝く眼でチップスを視詰めた。チップスは壇の方に歩み寄り、何か云いたそうであった。皆は黙って注目した。しかしチップスは一瞬間《ま》を措いてから首を振ると、頬笑《ほほえ》みを見せただけで、また食堂から出て行った。

その日は湿った、霧の濃い一日であった。チップスは中庭を横切って食堂まで歩いて行くとき悪寒《おかん》を覚えた。翌日、気管支炎で臥込《ねこ》んでしまい、そのままクリスマスが終るまで床に就いていた。しかし既に、その十一月十一日の夜、チップスは食堂へ顔を出したあと、理事会に辞表を提出していた。

休暇が終って再び学校が始ったとき、チップスはウィケット夫人の家に戻っていた。チップス自身の要望で、今回は送別会も贈物もなく、ただ後任者との握手があって、学校用の書翰箋《しょかんせん》から「代理」の文字が消されただけであった。「当分のあいだ」は終ったのである。

十六

それから十五年経った今、チップスは深い贅沢《ぜいたく》な安らぎのうちに当時を振返ることが出来た。勿論、身体の具合はどこも悪くなかった――ただときどき少し疲れたり、冬のあいだ呼吸の苦しくなることがあった。外国へ出掛けるつもりはなかった――一度だけ出掛けたことがあったが、避寒のつもりでリヴィエラ(五六)を選んだのに、たまたま観光宣伝も敢《あ》えて控えていた寒い時期に当ってしまい、すっかり懲《こ》りてしまったのだ。「どうせ風邪を引くのなら――ああ――自分の国で引いた方がいい。」以来チップスはよくそう云っていた。東風の吹くときは用心しなければならなかったが、そうでなければ秋も冬も別段そう過《すご》しにくいことはなかった。暖かな煖炉の火があり、本があり、それに夏を待つ楽しみがあった。勿論、チップスが一番好きなのは夏であった。天候のおかげで体調がいいことを別にしても、夏になると絶えず卒業生が訪ねて来たからである。毎週週末になると卒業生の何人かが自動車でブルックフィールドにやって来て、チップスの家を訪ねた。ときにあまりに大勢が一度にやって来ると、チップスも流石《さすが》に草臥《くたび》れたが、かと云って別に気にはしなかった。いつもあとでゆっくり睡眠を取ることが出来たからである。チップスは皆の訪問を喜んだ――それは、まだチップスにも楽しみ得るほかのどの楽しみよりも楽しかった。

「なあ、グレグソン、君は――ああ――何をやらせても――ああ――いつものろかったな――ええ？　多分君は――ああ――年を取るのも遅いだろう――ああ――私と同じようにね――ええ？」それから、客が帰って再び一人になったところへ、ウィケット夫人がお茶の後片附けに入って来ると――「ウィケットさん、息子の方のグレグソンが訪ねて来てね――ああ――グレグソンは憶えているでしょう？　背が高くて、眼鏡を掛けていた子だが。とにかくのろまだったな、あの子は。ああ――何でも――国際聯盟に――ああ――仕事を得たそうだが――あそこなら――まあ――あの子の――ああ――のろまも――目立たんだろう――ねえ？」

チップスは、点呼の鐘が聞えると、ときどき窓辺に立って、道路の向うの学校の柵《さく》越しに眼をやり、生徒達が縦に細い列を作ってベンチの脇を通り過ぎて行くのを、遠くから眺めることがあった。年が変り、名前が変る……しかし昔の名前が消える訳ではなかった……ジェファーソン、ジェニングズ、ジョリオン、ジャップ、キングズリーその一、キングズリーその二、キングズリーその三、キングストン……君達は今どこにいるのだ、皆どこへ行ってしまったのだ？　……ウィケットさん、自習時間の前にお茶を一杯頂けますか？

戦後の十年は騒騒しい変化とさまざまな調整の失敗のうちに過去《すぎさ》った。チップスはその間を生き抜きながら、眼を外国に転ずるとき、深い失望を覚えた。ルール地方（五七）、トルコのチャナーク（五八）、ギリシアのコルフ島（五九）など、世界には不安な問題がいくらでもあった。しかし身近な所には、ブルックフィールドでも、さらにイギリス全体に視野を拡げてみても、それが古くからのもので、しかも今度の戦争でも滅びなかったために、チップスの心を魅了するものがあった。チップスの見るところ、イギリス以外のあらゆる国がますます途方もない混乱に陥っていた。それを防ぐためにイギリスは既に充分な犠牲を払っていた――おそらく十二分に払ったと云ってよいだろう。しかしチップスはブルックフィールドには満足していた。ブルックフィールドは時と変化と戦争の試練に耐えたものに根をおろしていた。不思議にもそれは、このより深い意味に於いては、殆ど変っていなかった。生徒達は以前よりも人当りがよくなり、虐《いじ》めはなくなったが、不敬な言葉を口にしたり狡《ずる》をしたりする者が増えた。教師と生徒のあいだにはより本物の親しみが生れ――教師も以前ほど尊大な態度をとらなくなり、生徒も上辺だけ調子よく振舞うことがなくなった。新任教師の一人にオックスフォードを出たばかりの者がいたが、この男などは六年級の最上級生には自分の名前を洗礼名で呼ばせさえした。チップスもそれには感心しなかった、と云うより、実際、些《いささ》かショックを受けさえした。「この分じゃ――ああ――学期末の通知表にも――ああ――『御機嫌よう』なんて書きかねんな――ええ？」チップスは或る人にそう云った。

一九二六年のゼネラル・ストライキ（六〇）のあいだ、ブルックフィールドの生徒達は小型の貨物自動車に食料品を積込む作業に従事した。ストライキが終ったとき、チップスは大戦以来覚えたことのない深い感動を覚えた。何かが起ったのだ。その何かの究極の意義についてはまだ何とも云えなかったが、一つだけ明らかなことがあった――それはイギリスが再び自力で難局を切抜けたと云うことである。その年の卒業式の式典で、或るアメリカ人の来賓がこのストライキが国家に与えた巨額な損失を強調したとき、チップスはこう応じた――「いかにも仰《おお》せのとおりです――だが――ああ――宣伝広告には――いつでも金が掛るものです。」

「宣伝広告ですって?」

「そう、あれは――ああ――宣伝広告だったのではないですかな――それも――実に見事なね? まるまる一週間もやって――ああ――一人の命も失われず――一発の弾丸も発射されなかった! もしこれがあなたの国だったら――ああ――酒場を一軒襲撃するだけで――ああ――もっと大量の血が――流れたのではないですかな!」

笑い……笑い……チップスはどこへ行っても、また何を云っても、そこに笑いが起った。チップスは洒落と冗談の名人として既に有名であり、誰もがそれらを期待した。会合の席

十六

でチップスが話をするために立上るときはいつでも、卓子《たくし》越しに何か話をするときでも、人びとはこれから冗談を聞くのだと云う心構えと顔附になった。皆は初めから面白がろうと云う気持で聴いていたから、いとも簡単に満足した。ときには肝腎《かんじん》の落ちまで来ないうちに笑い出すこともあった。「チップス爺さん、実に冴えてたな」と、皆はよくあとでそう云った。「あんな風にいつでも物事の滑稽な面が見えると云うのは素晴しいことだ……」

一九二九年以降、チップスはブルックフィールドを離れなかった——ロンドンで催される卒業生の晩餐会にも出なかった。風邪を引くことが怖かったし、夜更《よふか》しをするとひどく身体に堪《こた》えるようになったからである。しかし、学校へは天気がよければ出掛けて行ったし、また相変らず自分の部屋ではいろんな人達を絶えずもてなしていた。身体はどこも悪くなく、一身上のどんな心配事もなかった。収入は生活に必要な額を上廻り、そのささやかな資本は一流の証券に投資してあったから、世界恐慌（六一）の際にも損害を蒙《こうむ》ることはなかった。チップスは決して出費を惜しまなかった——不運な身上話を持って訪ねて来る者にも、学校のさまざまな基金にも、またブルックフィールド附属のセツルメントにも、気前よく金を出した。一九三〇年にチップスは遺言書を作った。セツルメントとウィケット夫人に遺す分以外は、全財産を学校に寄附して、入学者のための公開奨学金制度を設けてもらうことにした。

一九三一年……一九三二年……

「先生はフーヴァー(六二)のことをどうお考えですか？」

「我が国は何れまた金本位制(六三)に戻ると思われますか？」

「先生、昨今の事態をどうお感じになりますか？　どこかに希望の光が見えますか？」

「いつになったら世の中の流れが変るんでしょうかね、チップスさん？　あなたならお判りでしょう、いろいろな経験をなさっておいでだから。」

皆は、チップスがまるで予言者と百科事典を兼備えた人間でもあるかのように、何かとチップスに質問を試みた――が、それ以上に、皆は自分達に与えられる答が洒落や冗談の皿に盛られて出て来るのが楽しみだったのである。チップスはこう云うのであった――

「ねえ、ヘンダーソン、私が――ああ――もっとずっと若かった頃には――人びとに四ペンス与えればいいのに九ペンス与えると約束する――ああ――政治家がいたものだ。実際にそれを受取った者がいたかどうかは――ああ――知らないが――ああ――昨今の政治家は――ああ――どうやら――いかに九ペンス約束しておいて四ペンスで済ますかと云う問題を――ああ――解決したようだね。」

笑い。

ときどき、チップスが校内を散歩していたりすると、小生意気な低学年の生徒達が質問して来ることがあった。それもただチップスの「最新作」を仕入れて皆に吹聴《ふいちょう》するのが面白いからであった。

「あのう、先生、ロシアの五箇年計画については何か？」

「先生、ドイツはまた戦争をやりたがっていると思いますか？」

「先生は新しい映画館にいらっしゃいましたか？　僕はこのあいだ家族と一緒に行って来ました。ブルックフィールドのような小さな村にしてはすごく立派なものです。ウルリッツァーがあるんです。」

「それで、その——ああ——ウルリッツァーと云うのは——一体何かね？」

「オルガンですよ、先生——映画館用のオルガン。」

「へええ、そいつは驚いたな……　その名前は広告板で見ていたが、いつも——ああ——ソーセイジの一種だろうと——ああ——想っとった……」

笑い……　おい、君達、チップスの新作があるぞ、とびきりの傑作だ。僕ね、今あの爺さんに新しい映画館のことで駄法螺《だぼら》を吹いてたんだ。そしたらね……

十七

三十三年の十一月の或る午後、チップスはウィケット夫人の家の自分用の応接間に坐っていた。寒い、霧の深い日で、とても外出する気にはなれなかった。休戦記念日(六四)以来あまり元気が出ず、どうやら礼拝式のあいだに軽い風邪を引いたのかも知れなかった。その日は午前中にメリヴェイル医師が例の二週間ごとの雑談にやって来た。「別にお変りはありませんか？　御気分はよろしいですか？　それそれ、それが一番です――こんな天気の日には家にいることです――大分流感が流行《はや》っていますからね。私も一日か二日でいいからあなたのような人生が送れたらと思いますよ。」

あなたのような人生か……何と云う人生であったろう！　その日の午後煖炉のそばに坐っていると、そのすべての光景がまるで走馬燈《そうまとう》のように次つぎと眼の前に現れては消えて行った。実際にやったこと、この眼で見たこと――一八六〇年代のケンブリッジ――或る八月の朝のグレイト・ゲイブル山――来る年も来る年もずうっと共に過して来た四季折折のブルックフィールド。そして、それを云うなら、まだやっていないこと、今となってはもう遅すぎてとても無理なこともあった――例えば、飛行機には乗ったことがなかったし、発声映画《トーキー》も観に行ったことはなかった。そうしてみると、自分は学校で一番年下の生徒より、経験があるとも云えるし、ないとも云える訳だ。そしてその老齢と若年の矛盾逆説が、世の所謂《いわゆる》進歩と云うものなのだ。

その日ウィケット夫人は隣村の親戚のもとへ出掛けて留守であった。夫人は出掛ける前に卓子の上にお茶の道具を用意し、誰かが訪ねて来たときのためにパンとバターと余分の紅茶茶碗も出しておいてくれた。しかしこんな日では、誰も訪ねて来そうになかった。外の霧はいよいよ濃くなり、多分一人で過すことになるだろう。

しかしそうではなかった。四時十五分前頃呼鈴《よびりん》が鳴ったので、チップスは（本当はそうするべきでなかったのだが）自分で玄関に出た。呼鈴を鳴らしたのはブルックフィールドの制帽を被った小柄な生徒で、何やら不安そうに怯《おび》えた表情をしていた。「あのう」とその生徒が云った、「こちらにチップス先生はお住いでしょうか？」

「ああ――まあお入り」とチップスは答えた。それからすぐにその子を自分の部屋に連れて行って、あとを続けた――「私が――ああ――君が会いたいと云う当人だが――それで――ああ――私に何の御用かな？」

「僕、先生が僕に用があるって云われたものですから。」

チップスは頰笑んだ。古い冗談、陳腐な悪ふざけだ――しかし自分も若い頃は人一倍よくこの手の冗談や悪戯《いたずら》をやったので、今さら文句を云う訳にも行かなかった。それに、云わばこっちから一つ上手《うわて》に出て、自分はまだまだ負けてなんかいないぞと云うところを見せてやる方が面白かった。そこでチップスは眼を輝かせて云った――「実はそうなんだ、君にお茶の相手をしてもらおうと思ってね。さあ、煖炉のそばに――ああ――坐るかい？ああ――どうやら君の顔を見るのは初めてのようだが――どう云う訳かな？」

「僕、附属病院から出て来たばかりなんです――学期の最初から麻疹《はしか》で入院していたんです。」

「ああ、それでか。」

チップスは別別の罐からお茶の葉を取出して例の儀式めいたやり方で混ぜ始めた。幸い戸棚に桃色糖衣の胡桃《くるみ》菓子が半分ほど残っていた。チップスは、この少年がリンフォードと云う名前で、シュロップシア州の出身であり、一族の者でブルックフィールドに入ったのは本人が初めてであることを聞き出した。

「いいかな――ああ――リンフォード――君も――段段慣れて来れば――ブルックフィールドが好きになるよ。君が想っているほど――怖い所なんかじゃ全然ない。君は少し怖がっているようだね――ああ――そうだろう？　私もそうだった――最初はね。尤《もつと》も――ああ――遠い昔のことだがね。六十三年前だ――ああ――正確に云うとね。初めて――ああ――大教室に入って行って――ああ――あの大勢の生徒達を見たときは――ほんと――すっかり怯えてしまった。実際――あんなに怯えたことは――ああ――あとにも先にもなかったな。ドイツ軍が爆弾を落したときだって――ああ――戦争中にね――あのときほどは怖くなかった。だがそれも――ああ――そのうちに消えてしまった――その怯えた気持だがね。すぐに――ああ――馴れっこになった。」

「その学期にはほかにも沢山新入生がいたんですか？」リンフォードは羞《はずか》しそうに訊ねた。

「えっ？　いや――とんでもない――私は生徒なんかじゃなかった――もう大人で――二十二歳の若者だったんだ！　だから今度ね――若い――新任の先生が――初めて大教室で自習時間の監督をされるときは――ああ――ちょっと考えて御覧――どんな感じがするものか！」

「でも先生がそのとき二十二歳だったとすると――」

「うん、それで？」

「先生は――今は――随分お年寄なんですね。」

チップスは一人静かに北叟笑《ほくそえ》んだ。こいつなかなか味なことを云いおった。

「まあ――ああ――確かに――ああ――若造とは云えんな。」

チップスはなおも暫くのあいだ一人静かに笑いつづけていた。

それからチップスは話頭《わとう》を転じて、シュロップシア州のことや、学校と学校生活一般のこと、その日の新聞に出ていたニュースのことなどを話題にした。「なあ、リンフォード、君達が大きくなって出て行く世の中は――ああ――何やらひどく面倒なものになりそうだな。まあ、君達が卒業していよいよ世の中へ出る頃までには――ああ――多少はよくなっているかも知れない――その面倒なところがね。ともかく――ああ――そう期待しよう……さてと……」チップスは置時計をちらりと見やって、馴染《なじみ》の決り文句を口にした。

「ああ――残念だが――今日はもうこれでお帰り……」

チップスは玄関まで送って、握手をした。

「それじゃあ、さようなら。」

すると甲高い声で返辞が返って来た――「チップス先生、さようなら……」

チップスは再び煖炉のそばに腰をおろした。生徒の最後の言葉が心の廻廊《かいろう》に谺《こだま》していた。

「チップス先生、さようなら……」詰らない悪戯だ、新入生にチップスを本名だと信じ込ませるなんて――だがこの冗談はもはや伝統なのだ。まあ、いいさ、気にするほどのこと

「『チップス先生、さようなら……』」

でもない。「チップス先生、さようなら……」チップスは、ふと、結婚式の前の晩にキャシーが同じ呼び方をして、当時の自分の生真面目《きまじめ》ぶりを優しく揶揄《からか》ったことを思い出した。そして思った——今の自分を生真面目だなどと云う者は一人もいないだろう、それだけは確かなことだ……

不意に涙が出て来て両の頰を伝わり始めた——老人になって涙腺《るいせん》が弛《ゆる》んでいるのだ——愚かな話だ——だが涙はどうしても止らなかった。チップスはひどく疲れを覚えた。リンフォードを相手にあんな風に話をしたせいですっかり草臥れてしまったのだ。でもリンフォードに会えてよかった。あれはいい子だ。きっと上手くやって行くだろう。

重く立罩《たちこ》めた霧の彼方から点呼の鐘が聞えて来た——震えるような、籠《こも》ったような音であった。チップスは窓に眼をやった——外は灰色に暮れ掛っていた。明りを点《つ》ける時間だ。チップスはそう思って立上ろうとしたが、身体が動かなかった。どうやら疲れ過ぎているようだ——しかし、まあ、いいさ。チップスは椅子の背に凭《もた》れ掛った。若造とは云えんさ——まあ——それだけは間違いのないことだ。リンフォードのことは愉快だったな。あの子を寄越した悪戯小僧どもに見事仕返しをしてやった。チップス先生、さようなら……それにしても、どうも妙だな、あの子があんな云い方をしたのは……

十八

ふと眼を醒《さ》ますと——と云うのは眠り込んでいたような気がしたからだが——チップスはベッドで臥《ね》ていた。メリヴェイルがいて、自分の上に身を屈《かが》めてにこにこ笑っていた。

「やれやれ、人騒がせなお人だ——御気分はよろしいですかな？　あんまり驚かさないで下さいよ！」

チップスは一瞬間《ま》を措いてから口を利こうとしたが、口から出たのは自分でも驚いたほど弱よわしい呟《つぶや》き声であった——「何で——ああ——ど——どうかしたんですか？」

「なあに、ほんのちょっと気を失われただけですよ。ウィケットさんが帰って来て判ったんです——ほんと、幸いでした。もう大丈夫です。心配は要りません。睡《ねむ》たかったら、もう一度お眠《やす》みなさい。」

チップスにとってそれは実に有難い提案であった。何だかひどく弱っていて、自分がどうやって二階へ運び上げられたか、ウィケット夫人が何と云ったかなど、細かなことに煩《わずら》わされたくなかったのだ。だが、ふと見ると、ベッドの反対側にウィケット夫人の姿が見えた。にこにこ笑っている。チップスは思った——何てこった、このひとはここへ来て何をしているのだろう？　それから、メリヴェイルの背後の薄暗がりに、新任の校長のカートライト（カートライトは一九一九年からブルックフィールドにいるのに、チップスは未だにこの男を「新任」と思っていた）と、普段みなが「ロディー」と呼んでいるバフルズ老人の顔も見えた。変だな、こんな風にみんながここに集っているのは。しかしチップスは思った——まあ、いいさ、何がどうだろうと構っちゃいられない。とにかくもう一眠りさせてもらおう。

しかしそれは眠りではなかった。そうかと云って完全に眼が醒めているのでもなかった。それは一種の中間状態で、いろいろな夢や顔や声に満ちていた。昔馴染の幾つもの場面と懐しい切れ切れの旋律——キャシーがかつて合奏したモーツァルトの三重奏曲——喝采と笑いと砲撃音——そしてそれらの上に鐘の音が、ブルックフィールドの鐘の音が聞える。

「それでだ、もし平民嬢が貴族氏との結婚を望んでいるのに……あら、出来るわよ、この嘘吐き《ライアー》……」洒落……憎たらしい肉……冗談……やあ、マックス、君か？　いいとも、入り給え。お国から何か知らせでも？……オー・ミイー・プレテリトス……ロールストンは私がいい加減で非能率的だと云いおった——だが皆は私がいなくてはやって行けなかったじゃないか……オウビリー・ヘイレズ・アゴウ・フォーティブス・エス・イン・アロウ（六五）……誰かこれを訳せる者はいるかな？……なに、冗談だよ……

一度、チップスの耳に部屋にいる人達が自分の噂《うわさ》をしているのが聞えた。

カートライトがメリヴェイルに囁《ささや》いていた。「可哀そうに——まったくの独りぼっちで、淋しい一生だったに違いない。」

メリヴェイルが答えた——「ずうっと独りだった訳じゃない。奥さんがいたんですよ。」

「おや、そうでしたか。ちっとも知らなかった。」

「亡くなったんです。あれはもう——そう、三十年になるかな。もっとかも知れない。」

「お気の毒に、お子さんがなかったのです。」

この言葉に、チップスは出来るだけ大きく眼を見開いて、皆の注意を惹《ひ》こうとした。なかなか声が出なかったが、辛うじて呟き声が出た。皆は振向いて、もっとチップスのそばへ近附いた。

チップスはもどかしそうに、ゆっくりと言葉を口にした。「今――私のことを――ああ――何か――云っていたね？」

バフルズ老人が頰笑みながら云った――「何でもありませんよ、先生――何でもありません――ただ、健《すこ》やかな仮寐《うたたね》からいつお眼醒めかなって云っていただけです。」

「だが――ああ――聞えた――確かに私のことを話していた――」

「別に大したことじゃありませんよ――本当に、嘘じゃない……」

「誰か――私に子供のないのが――ああ――気の毒だと――云ったようだが……だが、あるんだよ……私には子供があるんだ……」

皆は微笑しただけで、何も答えなかった。すると一瞬の間を措いてから、チップスは微かな、震えるようなくすくす笑いを始めた。

「そう――ああ――私には子供があるんだ」とチップスはなおも震える声で嬉しそうに附加えた。「何千人もの子供達がね……何千人もの……みんな男の子ばかりだ……」

するとそのとき、チップスの耳に、その何千人もの子供達の、これまでに聞いたどれよりも壮麗甘美《そうれいかんび》な、心なごむ大合唱のフィナーレが鳴り響いた。……ペティファー、ポレット、ポーソン、ポッツ、プルマン、パーヴィス、ピム＝ウィルソン、ラドレット、ラプソン、リード、リーパー、レディーその一……さあ、みんな、私のまわりに集って、洒落もこれで最後だぞ……ハーパー、ヘイズリット、ハットフィールド、ハザリー……私の最後の洒落だ……みんな聞いたかな？……どうだ、可笑しかったか？……ボウン、ボストン、ブーヴィー、ブラッドフォード、ブラッドリー、ブラムホール＝アンダーソン……みんなどこにいようと、何があろうと、今この瞬間、私と共にいておくれ……この最後の瞬間に……私の子供達よ……

それから間もなくチップスは眠りに就いた。

その寝顔があまりにも安らかだったので、皆は眠りを妨げるのを憚《はばか》って、お寝《やす》みを云わずに部屋を出た。しかし朝になって、学校の鐘が朝食を告げ知らせたとき、ブルックフィールドは悲しい知らせを受取った。「ブルックフィールドは先生の愛すべき人柄を決して忘れません」と、カートライト校長は全校生徒を前にして云った。しかしそれは理窟に合わなかった。なぜなら、何事もすべて何れは忘れ去られてしまうのだから。だが、少くとも、リンフォードだけは忘れないでいて語り継ぐだろう——僕はチップスが亡くなる前の晩、チップスにさようならって云ったんだ……

訳　註

7頁（一）**大博覧会**――ロンドンのハイド・パークに建てられた水晶宮を会場として一八五一年に開かれた世界最初の万国博覧会。

11頁（二）**日曜日の手紙**――パブリック・スクールは全寮制で、生徒は日曜日ごとに父母や保護者に手紙を書かなければならない。

11頁（三）**サー・リチャード**――准男爵の称号を持つ者はサーの敬称を附けて呼ばれるが、サーは必ず個人名に附く。従って家族姓を入れるときはサー・リチャード・コリーとなり、サー・コリーとはならない。

13頁（四）**グラマー・スクール**――十六世紀に創立され、ラテン語やギリシア語を主要学科としていた中等学校。

13頁（五）　**エリザベス朝時代**――女王エリザベス一世の時代、一五五八年から一六〇三年まで。

13頁（六）　**ハロウ校**――ロンドン西郊のイートン校と並んで名門のロンドン北郊のパブリック・スクール。なお、パブリック・スクールは十三歳から十八歳までの男子生徒のための通例は全寮制の中高一貫校。パブリックとあるが私立で、公立ではない。

13頁（七）　**ジョージ一世の御代**――一七一四年から二七年まで。

14頁（八）　**ナポレオン戦争**――一七九三年から一八〇二年までのフランス革命戦争のあと、一八〇三年から一五年まで続いた。

14頁（九）　**ヴィクトリア朝時代**――ヴィクトリア女王の時代、一八三七年から一九〇一年まで。後出の「ダイアモンド・ジュビリー（即位六十年記念祭）」は一八九七年。

16頁（一〇）　**一九一三年**――翌一四年に第一次世界大戦が勃発する。

20頁（一一）**アクロポリス**――アテネの城砦《じょうさい》でパルテノン神殿がある。

20頁（一二）**フォーラム**――古代ローマ市の中央にあった公共の広場、裁判や集会や商取引などに利用された。

21頁（一三）**ウェルギリウス**――古代ローマの詩人（前七〇―前一九）。長篇叙事詩『アエネーイス』の作者。

21頁（一四）**クセノフォン**――古代ギリシアの軍人、文筆家（前四三〇?―前三五四?）。ソクラテスの門人で『ギリシア史』や『ソクラテスの思い出』などの著作がある。

21頁（一五）**ソーンダイク博士**――R・A・フリーマンの推理小説で活躍する探偵。

21頁（一六）**フレンチ警部**――F・W・クロフツの作品に登場する警部。

24頁（一七）**バーナード・ショー**――アイルランドの劇作家、評論家（一八五六―一九五〇）。一八八四年に漸進的社会主義団体であるフェイビアン協会の設立に加わった。

24頁（一八）**イプセン**――ノールウェイの劇作家、詩人（一八二八―一九〇六）。『人形の家』（一八七九）その他の作品で因襲的な生き方や考え方を攻撃し、当時の社会に衝撃を与えた。

27頁（一九）**ウィリアム・モリス**――イギリスの詩人、工藝美術家、社会主義者（一八三四―九六）。代表作に『ユートピア便り』（一八九〇）がある。因みに、イギリスで婦人が参政権を得たのは一九一八年であった。

42頁（二〇）**パッシェンデイル**――ベルギー北西部の都市イープル近郊の激戦地。一九一七年の夏から秋に掛けて三箇月間の戦いでイギリス軍は三十万人近くの死傷者を出した。

49頁（二一）**ユトランド半島沖の海戦**――一九一六年五月三十一日から六月一日に掛けてデンマークの西方海上で行われた第一次世界大戦中唯一の艦隊決戦。損害はイギリスの方がやや大きく、将兵約六千八百人を失った。

49頁（二二）**リウィウスの失われた史書**――古代ローマの歴史家ティトゥス・リウィウス

（前五九—後一七）は百四十二巻のローマ建国史を著したが、現存するのは三十五巻のみと云う。

49頁（二三）**ネイズビーでクロムウェルの戦い**——ネイズビーはノーサンプトンシア州の村。この村で一六四五年六月十四日、オリヴァー・クロムウェル率いる議会軍がチャールズ一世麾下《きか》の王党軍に勝利を収めた。十七世紀中葉の大内乱または清教徒革命に於ける天王山とも云うべき戦い。

49頁（二四）**ジャコバイト叛乱事件の大恐慌**——ジャコバイトは、所謂名誉革命（一六八八）で廃位されたジェイムズ二世およびその子孫の復位を図ろうとする一派。一七一五年に子の大僭称者《せんしょう》ジェイムズ・エドワードが、四五年に孫の小僭称者チャールズ・エドワードが叛乱を起し、特に後者は亡命先のフランスから出身地のスコットランドに潜入、郷党軍を率いてイングランドを南下し、ロンドンまでをも大恐慌に陥れたが、最後は政府軍によって鎮圧された。

49頁（二五）**ワーテルロー**——ベルギーのブリュッセル南方の町。この町の南郊で一八一五年六月十八日、ウェリントン公爵指揮の英普聯合軍がナポレオン軍を敗り、ナポレオン戦争を終らせた。

50頁（二六）**一八七〇年**——この年から翌年に掛けて、ドイツ統一を目指すプロシア（プロイセン）とこれを阻もうとするフランスとのあいだで所謂普仏戦争が行われ、プロシアが圧勝した。

56頁（二七）**ファイヴズ**——三方の壁に手でボールを打つける球技。二人から四人で行う。

56頁（二八）**ホールズベリー**——H・S・G・ホールズベリー（一八二三—一九二一）。英国の法律家。一八八五年、一八八六—九二年、一八九五—一九〇五年と大法官を務める。

58頁（二九）**六歩格**——ここでは古典詩『イリアス』や『アエネーイス』に用いられた長短短六歩格尾音節欠落を指す。

60頁（三〇）**ボーア人**——南アフリカのオランダ系移民の子孫、ブール人、ブーア人とも云う。十九世紀末のイギリスの侵掠に抵抗、イギリスでは強硬な主戦論が起り、一八九九年のボーア戦争（または南阿戦争）に至る。イギリス軍は幾多の苦戦と犠牲を強いられるが、一九〇二年に勝利を収める。

60頁（三一）　**ヘリワード・ザ・ウェイク**——一〇七〇年頃に活躍したアングロ・サクソン土民軍の伝説的英雄。一〇六六年にイギリスを征服したノルマン人の征服王ウィリアム一世の軍勢に果敢な抵抗を試み、大分手古摺《てこず》らせたが、最後は和解したと推測されている。

60頁（三二）　**カラクタカス**——五〇年頃に活躍したブリトン人の一首長、カラタカス或はカラタークまたはカラドックとも云う。ローマ軍に対するブリトン人の長期にわたる抵抗を指導したが捕えられてローマに送られた。クラウディウス帝に自由を許されたとも獄死したとも云われる。

60頁（三三）　**ミスター・ロイド・ジョージとその有名な予算案**——ロイド・ジョージはイギリスの政治家（一八六三—一九四五）。蔵相にあった一九〇九年、中下層階級の負担を和らげるとともに海軍拡張計画をも進めるために、高額所得者や土地所有者に思い切った増税を試みた。この予算案は人民予算と呼ばれ、貴族や地主や資本家階級を激怒させた。

63頁（三四）**エドワード七世**――一九〇一年にヴィクトリア女王の跡を継いだが、一九一〇年五月六日に六十九歳で崩御。後出の「エドワード朝の十年」はこの国王の時代を指す。

66頁（三五）**支那人苦力の労働力問題**――支那人苦力の安い労働力を移入しようとする問題で、一九〇四、五年の頃激しい政争の因となった。

66頁（三六）**関税改革**――一九〇三年、バルフォア内閣の植民地相ジョウゼフ・チェンバレンが帝国主義政策の一環として大英帝国の貿易を守るべく唱道した保護関税政策。関税改革と呼ばれたが、自由貿易擁護派と対立し、一九〇五年に内閣は瓦解した。

66頁（三七）**弩級戦艦ドレッドノート号**――「ドレッドノート」は「何物も恐れず」の意。

英国海軍では古くから第一級の戦艦にこの艦名を用いて来たが、一九〇六年に近代的な重装備の大型戦艦第九代ドレッドノート号が建造された。

66頁（三八）**マルコーニの無線電信**——グリエルモ・マルコーニはイタリアの電気技師、学者（一八七四—一九三七）。一八九五年に無線通信装置を発明、一九〇一年に大西洋を越える通信に成功、一九〇九年にノーベル物理学賞を受賞。

66頁（三九）**アイルランド自治問題**——一八七〇年頃からアイルランド人は自治権を求めて英国政府に対する反抗運動を展開した。政府は一九一二年までに三度自治法案を提出するが決着を見ず、この問題は歴代内閣の悩みの種となった。

66頁（四〇）**クリッペン医師事件**——アメリカ人医師H・H・クリッペンが滞英中に犯した殺人事件。犯人はアメリカへ逃帰る途中大西洋の船上で逮捕され、一九一〇年にロンドンで処刑された。初めて無線の利用で犯人が逮捕された事件として有名。

66頁（四一）**チャタールリヤ戦線**——チャタールリヤはイスタンブール近郊の村。一九一二—

三年のバルカン戦争で、トルコ軍はこの村で攻め寄せるブルガリア軍を喰止めた。

67頁（四二）**タイタニック号**——トン数約四万六千三百三十トン、全長約二百六十メートルの当時世界最大の英国豪華客船。一九一二年四月十五日、サウサンプトンからニュー・ヨークへ向う処女航海中に南下していた氷山と衝突、沈没した。二千二百余名の乗船者のうち救助されたのは七百余名に過ぎなかった。

75頁（四三）**アスコット競馬場**——バークシア州アスコット・ヒースの競馬場。毎年六月に催される大競馬ロイヤル・アスコットは由緒ある年中行事で、王室を始め、社交界の紳士淑女が集り、華やかな雰囲気に包まれる。やはり六月に行われるサリー州エプソムのダービー競馬とともに有名。

82頁（四四）**オー・ミイー・プレテリトス云云**——『アエネーイス』第八巻第五六〇行。「ああ、ジュピターよ、我に過去りし日を返し給へ」の意。なお、ラテン語のカタカナ表記はチップスの「旧式な発音」を想定してみた。「ミヒ・プラエテリトース」とせずに「ミイー・プレテリトス」、「ユーピテル・アンノース」とせずに「ユピター・アノス」とした類い。

83頁（四五）**マフェキング**——南アフリカの町。ボーア戦争の際、イギリス守備隊はこの町に七箇月間ボーア人に包囲されていたが、一九〇〇年五月十七日、救援軍によって無事解放された。本国ではロンドンを中心にこの解放を祝って人びとが狂喜し、このことから、「お祭騒ぎをして喜び祝う」意の「マフィック」なる語が出来たほどであった。

83頁（四六）**『釣竿《ロッド》と釣糸《ラインズ》の思い出』**——表向きは「釣師の思い出」の意だが、「ロッド」には「罰としての笞《むち》」、「ラインズ」には「罰としての百行清書」の意が掛けてある。

85頁（四七）**ハス・オウリム云云**——『アエネーイス』第一巻第二〇三行。「何れこれらを思ひ出すは楽しからん」の意。ここも「ハース」、「オーリム」、「ユウァービト」を「ハス」、「オウリム」、「ジューヴァビト」とした。

86頁（四八）　**アルスターの内戦**――一九一二年に英国政府は三度目のアイルランド自治法案を提出したが、新教徒の多い北部のアルスター地方はこれに猛反対、一方南部では民族主義のアイルランド義勇軍などが中心となって北部に敵対、一九一四年アルスター地方は一触即発の不穏な状態にあった。

86頁（四九）　**オーストリアとセルビアのあいだの厄介な問題**――一九一四年六月二十八日、オーストリア皇太子夫妻がバルカン半島のサラエヴォでセルビア人の青年に暗殺され、この事件が第一次世界大戦の引金となった。

87頁（五〇）　**マルヌ河畔の反撃戦**――一九一四年九月、パリ郊外まで後退した英仏聯合軍はマルヌ河の線を死守し、独軍をエーヌ河の線まで押返した。

87頁（五一）　**キッチナー元帥**――イギリスでは軍部大臣も文民政治家が務めるのが慣わしであったが、一九一四年、大戦勃発とともに、ボーア戦争で功績のあったキッチナー元帥（一八五〇―一九一六）がアスキス内閣の陸軍大臣に任命され、国民に歓迎された。元帥は大大的に志願兵募集に乗出し、兵力の増強を図った。一六年に不慮の死を遂げる。

88頁（五二）**カンブレー**――フランス北部のベルギー国境に近い町。

89頁（五三）**ダーダネルズ海峡突破作戦。ガリポリ半島上陸作戦**――西部戦線の膠着《こうちゃく》状態を打開するとともに、ドイツ、オーストリアの同盟国側に附いたトルコを攻撃し、東部戦線のロシアの負担を軽減する狙いで、一九一五年、時の海相ウィンストン・チャーチルはダーダネルズ海峡の突破とガリポリ半島の上陸を企図したが、作戦は失敗、英軍は一六年に撤退、チャーチルは海相を辞任した。

89頁（五四）**ソンム河畔の大会戦**――パリの北方を流れるソンム河の戦線で一九一六年七月から十一月まで英軍を主力として激戦が行われたが、犠牲者の数のみ多く、戦線に顕著な変化は見られなかった。

102頁（五五）**ゲヌス・ホック・エラト云云**――ガイウス・ユリウス・カエサルまたはジュリアス・シーザー（前一〇〇？―前四四）の『ガリア戦記』第一巻第四八節。

106頁（五六）**リヴィエラ**――イタリア北西部のラ・スペチアから南フランスのコート・ダジュールに至る地中海沿岸の地域。風光明媚な観光避寒保養地として有名。

108頁（五七）**ルール地方**――敗戦国ドイツの賠償支払が捗らないので、業を煮やしたフランスは一九二三年ドイツの鉱工業の中心地であるルール地方に進出した。

108頁（五八）**トルコのチャナーク**――一九二二年、ギリシア軍と小競合いを起したトルコ軍がトルコ西岸のチャナークでイギリス守備隊と衝突した。イギリスは対トルコ共同作戦のための声明を発表したが、関係国とのあいだに手違いがあって大問題となった。

108頁（五九）**ギリシアのコルフ島**――ヴェルサイユ条約に不満であったイタリアは一九二三年国際聯盟規約を無視してギリシア領のコルフ島を占拠した。

109頁（六〇）**一九二六年のゼネラル・ストライキ**――炭鉱労働者が賃金引下げと労働時間延長に反対して起したストライキが、鉄道、運輸、造船、印刷、鉄鉱、電気、瓦斯《ガス》などの諸部門に一斉に波及して、五月四日から十二日までの総罷業《そうひぎょう》となり、三百万人以上の労働者が参加した。この事態が長引けば、第一次世界大戦後の混乱から立直っていないイギリス経済は大打撃を受け、社会不安に陥る惧《おそ》れがあった。しかし時のボールドウィン内閣は予《あらかじ》め対策を講じていて、自主協力者や軍隊を動員して交通、警察、食糧供給等を確保し、人心の動揺防止に努めた。その結果、このストライキは所期の成果を上げ得ないまま終《しゅう》熄《そく》の已《や》むなきに至った。

111頁（六一）**世界恐慌**――一九二九年十月二十四日のニュー・ヨーク、ウォール街の株価の大暴落から始り、三十年代末まで続いた世界的大恐慌。

112頁（六二）**フーヴァー**――第三十一代アメリカ大統領ハーバート・フーヴァー。一九二九年三月、未曽有の好景気のさなかに大統領に就任したが、十月には前述の大恐慌に見舞われる。アメリカ経済の恢復《かいふく》力を当てにして積極的な対策をとらなかったため、長期の不況に陥り、三二年には失業者数が千三百万人に上った。因みに、この不況は次代大統領フランクリン・ローズヴェルトの所謂ニュー・ディール政策で辛うじて危機を乗切ったものの、完全に解決されるのは第二次世界大戦の戦時経済によってであった。

112頁（六三）**金本位制**——イギリスは一八一六年以来金本位制を採用して来たが、一九一四年第一次世界大戦の勃発とともに一旦停止した。二五年に復活するが、三一年に大恐慌のため再び停止した。

115頁（六四）**休戦記念日**——第一次世界大戦が終結したのは一九一八年の十一月十一日。この日を休戦記念日とする。

126頁（六五）**オウビリー・ヘイレズ・アゴウ云云**——英語の 'O, Billy, here's a go forty buses in a row' をラテン語めかして云った冗談。「ほら、ビリー、四十台のバスが列を成して走って行く」の意。

訳者あとがき

本書は二十世紀英国の作家James Hilton（1900—54）の代表作*Good-bye, Mr. Chips*（1934）の新訳である。原書はHodder & Stoughton一九三四年版と研究社小英文叢書版（植田虎雄註釈）を併せ用いた。翻訳に際しては、研究社版の註釈と新潮文庫版の菊池重三郎訳を随時参照して遺漏なきを期した。訳註については、植田註釈のほかに『英米史辞典』（研究社）を、また、以下に記す作者の略伝に関しては、研究社版の作者紹介と『世界文学大事典』（集英社）および『オックスフォード世界英語文学大事典』（DHC）を参照した。

なお、研究社版のはしがきによると、一九五三年に著者から註釈者に一箇所三十九語ほど削除するよう要求があったと云う。該当箇所を検討してみたが、なるほどと思われたので、本新訳では著者の意嚮《いこう》に従うことにした。

ジェイムズ・ヒルトンは一九〇〇年九月九日にイングランド北西部ランカシア州のリー

と云う町で生れたが、父親がロンドンで学校の教師をしていたので、ロンドン北郊のウォールサムストウで育ち、ロンドンの小学校で初等教育を受けたあと、ケンブリッジのリーズ・スクールと云うパブリック・スクールに入った。この学校が『チップス先生、さようなら』の舞台であるブルックフィールド校のモデルである。チップス先生は、長年校長職にあった父親とリーズ校のW・H・バルガーニーと云う古典語の教師がモデルだと云う。（因みに、岩波新書に『自由と規律』と云うイギリスのパブリック・スクールを紹介した本があるが、著者の池田潔はリーズ校の出身者である。本書はそれ自体読みごたえのある面白い本だが、『チップス先生、さようなら』の参考書としてもたいへん有益である。）大学はケンブリッジ大学のクライスツ学寮に進み、歴史を専攻した。成績は優秀であったらしい。

ヒルトンは若くして文筆の才に恵まれ、ケンブリッジ在学中既にマンチェスター・ガーディアン紙やダブリンのアイリッシュ・インディペンデント紙に寄稿したり、処女作『キャサリン自身』（一九二〇）を発表したりしている。一九二一年に卒業したが、時あたかも第一次世界大戦後の不況時代で職はなく、就職は断念、ロンドンで数種の新聞や雑誌へ寄稿を続けながら創作を続けることにした。しかし以後十年余のあいだに十作近くを出版したものの、一部の批評家はともかく、世間の注目を集めるまでには至らなかった。雌伏《しふく》十年、一九三三年になってやっと転機が訪れた。この年にロシア革命を舞台背景にした『鎧《よろい》なき騎士』とヒマラヤ奥地の理想郷シャングリラを舞台にした『失われた地平線』の二作を出版、特に後者は評価が高く、翌年ホーソンデン賞を受賞した。それでも本の売行が急に伸びた訳ではなく、そのためには次作『チップス先生、さようなら』の発表を待たなければならなかった。この作品が執筆された経緯については、作者自身が面白い逸話を書残している。

一九三三年の冬の或る日、作者はブリティッシュ・ウィークリーと云う週刊誌から中篇小説の執筆を依頼された。クリスマス号の特別附録にするのだと云う。執筆期間は二週間であった。一週間が経っても何の構想も浮ばず、苦しくて仕方がない。「そこで或る霧の深い冬の朝、私は自転車を出し、苦しくて堪らない自分から逃出そうと決心した。――私は自転車を走らせ、身を切るような冷気を味わい、運動を楽しんでいた、と、そのとき突然、一つの着想が浮び、一瞬のうちに物語の全体が見えたのである。私は大急ぎで家へ取って返すと、ただもうがむしゃらに書きつづけ、四日間で全篇を書上げた。それが『チップス先生、さようなら』である。この作品は無事ブリティッシュ・ウィークリー誌に載り、世評はまあまあ好意的なものであった。一件落着、私はこの話はもうこれで終ったものと思っていた。」

ところが終らなかったのである。この作品は翌三四年、アメリカの有力雑誌アトランティック・マンスリーの四月号に転載された。この雑誌が既にイギリスで発表された物を転載するのは前例のないことだったそうで、結果は大好評であった。同年六月に単行本として出版されるや忽ちベストセラーとなり、作者は本国よりも先にアメリカで一躍人気作家となった。この成功によって旧作の幾つかが新たに日の目を見、その後新作も着実に書継がれ、またそのうちの何作かは映画化されたこともあって、ヒルトンの名声は揺るぎないものとなった。因みに、映画化された作品には『鎧なき騎士』（一九三三）、『失われた地平線』（一九三三）、『チップス先生、さようなら』（一九三四）、『私達は孤独ではない』（一九三七）、『心の旅路』（原題『当てどなき収穫』、一九四一）などがある。私も『私達は孤独ではない』を除く四作を観ている。ヒルトンの作品はひところ我が国でもよく読まれ、今挙げた五作品のほかにも『学校の殺人』（一九三一、グレン・トレヴァーの筆名で出版）、『朝の旅路』（一九五一）、『めぐり来る時は再び』（一九五三）が邦訳されている。序《つい》でに、未邦訳のものも少し挙げておくと、『いざ、さらば』（一九三二）、『チップス先生に乾杯』（一九三八）、『忘れ得ぬ日』（一九四五）、『世にも不思議な物語』（一九四七）などがある。

ヒルトンは一九三五年以降しばしば渡米して、自作の映画化に立会ったり脚本の制作に関わったりしたが、やがて一家揃ってアメリカに移り、ハリウッドの近くに居を定めた。戦中戦後と健筆を揮い、一九四二年には映画『ミニヴァー夫人』の脚本にアカデミー賞が授与されるなど、成功せる作家生活を送っていたが、やがて肝臓癌に冒され、五四年の十二月二十一日にカリフォルニアのロング・ビーチで比較的短い生涯を終えた。

こうして作者の生涯を辿ってみると、生涯の半ばに四日間で書上げられた一篇の中篇小説がこの作者の作家生命の要であったことが判る。それは作者の死後半世紀以上経った今も変らないと云っていいであろう。それと云うのも、今日一般にヒルトンの作品で読まれているのはこの中篇小説一篇であると云っても過言ではないからである。勿論、他の作品もロマンティックな、物語性豊かなもので、今読んでもそれなりに面白いが、もしこの一篇がなかったら、他の作品を覗いてみるきっかけそのものがなくなり、多分ヒルトンは今日忘れられた作家になっていたであろう。作者は『チップス先生、さようなら』の最後で、「何事もすべて何れは忘れ去られてしまうのだ」と皮肉な感想を述べているが、多くのベストセラーを出した作家生活のうちの四日間の労苦が二十世紀の小古典を遺し、作者を忘却の淵から救っているのだと思うと、何やらその方が遥かに皮肉なことのように思われる。こう云う作家の運命もあるのだなと思われるのである。

『チップス先生、さようなら』は確かに小古典と云っていい作品である。小の字を冠したのは偏《ひと》えに作品の規模に対してであって、それ以外の点では、形式も内容も文体も揺るぎない品格を具え、古典の名に恥じない姿を保持している。一見しただけでは特に劇的な事件がある訳でもなく、気軽に読めば一晩で通読の可能な作品だが、おそらくそう云う読み方をしたのでは精精淡い印象が心に残るだけで、その印象も現実生活の慌《あわただ》しさの中ですぐに薄れて行ってしまうであろう。この作品は、読手の側が想像力を充分に発揮しながら一行一行ゆっくりと心を込めて読込んで行くなら、一人の忘れ難い人物と一つの貴重な人生体験を深い感動とともに読者の心に残してくれる筈である。少くとも訳者はそんな風にしてこの作品を味わって来た。そしてその魅力的な人物と体験と感動を自分の心の中に蔵《しま》っておくだけでは物足りなくなって、この新訳を思い立った訳である。

訳者にはこの作品に関して一つの懐しい思い出がある。高等学校を出て早稲田大学の文学部に入学が決ったとき、高校の恩師の一人である宮本正俊先生が記念にと云ってこの作品の研究社版のテキストを下さったのである。先生は早稲田の英文科の御出身で、後輩の出来たことを喜んで下さったのであった。少し読み掛けたものの、当時は学生運動華やかな慌しい時代で、とてもこの作品を落着いて味わっている余裕はなかった。しかしこのテキストは引越の際にも失われることなくずっと私の本棚にあって、背表紙を見るたびに先生の温顔が思い出された。実際にこのテキストを読んだのは大分のちのことで、教師になって何年も経ってからである。以来一、二年措きぐらいに十数年、教室で学生諸君と読んで来たが、学生諸君の反応は概《おおむ》ね良好であった。昨今はテキストの訳読と云うと、それだけで毛嫌いする学生も少くないが、やはり作品自体が物を云うのだろうと思う。私が教室へ持って行ったのも、またこの翻訳で用いたのも、勿論、宮本先生に頂いたテキストである。先生も既に御停年になられたとの由、チップス先生のような老後を送っておられるであろうか。

この作品の中ほどに、チップス先生と若い校長ロールストンの対立を描いた部分がある。授業中にここに差掛ると、どうも旧態依然たる訳読教師がロールストンに非難されているようで、ちょっと落着かない気分になる。苦笑しながらそのことを学生に話すと、学生はにやにや笑うだけで別に何も云わないが、内心どう思っているかは知らない。しかしそのあとに続くチップスの感慨の方がやはりまっとうなのではないかと思って気を取直すのである。今日我が国でも教育改革とか英語教育の見直しとか喧《やかま》しい議論がなされているが、考えてみれば、声高な改革派ほど詰るところは能率と最尖端と銀行預金口座一本槍のロールストンの徒《と》である。そう云うロールストン流の実用的効率主義を相対化する眼がこの作品にはある。時代がいかに混迷に陥ろうと、大切なのはバランス感覚と良識、それにユーモアのセンスだ、とチップスは云い切る。物事の重要性はその物事が出す音の大きさでは判断出来ないのだ、とも云う。教育の目的は飽くまでも良識を具えた、まっとうな人間を育てることであって、産業界の下請工場となって所謂役に立つ人材とやらを生産することではないと云う信念がチップスにはある。人間は競争や勝ち負けばかりを気にする俗文化のための材料でも製品でもないのである。ただし、かく云うチップスは別に反時代的な英雄として描かれている訳ではない。チップスの信頼するイギリスの伝統が、今日の我が国で謂《い》う所のリストラからチップスを守ってくれたに過ぎない。これが今日の我が国だったらどう云うことになっていたか。因みに、「チップス」の普通名詞は「切れはし」とか「棒切れ」とか要するに「取るに足らないつまらないもの」と云う意味である。本名の「チッピング」も似たような意味の言葉で、主人公にこの名前が与えられている寓意《ぐうい》は明らかであろう。勿論、作者のアイロニカルなユーモアのセンスのなせる業である。

なお、この作品には歴史的な事件に関する固有名詞が数多く挿入されている。これは作者が大学で歴史を専攻したこととも関わりがあるのかも知れないが、それよりも、あまり長くない作品で一人の人物の生涯を歴史の流れのうちに描こうとするための工夫であろうと思う。イギリスの読者なら、事件の名前や地名を眼にしただけでその時代背景や事件の歴史的意味合いが彷彿《ほうふつ》とするのであろうが、今日の日本の一般読者の場合それは難しいかも知れない。作品の規模の割に訳註が多くなった所以《ゆえん》である。

最後に、原文の解釈について何度も質問に答えて下さった勤務先同僚のアントニー・マーティン教授と、ラテン語について親切に教えて下さったやはり勤務先同僚の宮城徳也教授に、心からお礼を申し上げる。また出版に当っては慧文社の中野淳氏と松尾裕起氏に出版権の確認や校正その他でいろいろとお世話になった。これも記して謝意を表する。

平成二十八年二月

大島　一彦

著者略歴

ジェイムズ・ヒルトン（James Hilton, 1900-54）

イギリス生れの小説家。リーズ校およびケンブリッジ大学に学ぶ。大学在学中からアイリッシュ・インディペンデント紙やマンチェスター・ガーディアン紙などに寄稿。『失われた地平線』でホーソンデン賞、『チップス先生、さようなら』はベストセラーに。作品の映画化のために渡米し、のちにアメリカに帰化。映画『ミニヴァー夫人』でアカデミー脚色賞。

訳者略歴

大島 一彦（おおしま・かずひこ）

昭和22年（1947年）茨城県生れ。早稲田大学文学学術院教授。著書―『ジェイムズ・ジコイスとＤ・Ｈ・ロレンス』（旺史社）、『英国滞在記』（旺史社）、『ジェイン・オースティン』（中公新書）、『寄道―試論と随想―』（旺史社）、『小沼丹の藝 その他』（慧文社）。訳書―『サイラスおじさん』（Ｈ・Ｅ・ベイツ原作、王国社）、『マンスフィールド・パーク』（ジェイン・オースティン原作、キネマ旬報社、中公文庫）、『説得』（ジェイン・オースティン原作、キネマ旬報社、中公文庫）。編輯（共同）―『小沼丹全集』（全四巻及び補巻、未知谷）。

新訳《しんやく》 チップス先生《せんせい》、さようなら

平成28年5月17日　初版第一刷発行

著　者：ジェイムズ・ヒルトン
訳　者：大島《おおしま》 一彦《かずひこ》
発行者：中野 淳
発行所：株式会社 慧文社《けいぶんしや》
〒174-0063
東京都板橋区前野町 4-49-3
〈TEL〉 03-5392-6069
〈FAX〉 03-5392-6078
E-mail:info@keibunsha.jp
http://www.keibunsha.jp/
印刷・製本：モリモト印刷株式会社
ISBN978-4-86330-161-0
落丁本・乱丁本はお取替えいたします。